以我喜欢的
方式过余生

〔日〕**多良美智子** 著

朴雪兰 译

87歳、古い団地で愉しむ
ひとりの暮らし

万卷出版有限责任公司
VOLUMES PUBLISHING COMPANY

序　言

　　我今年 87 岁，现在一个人生活在一个建了五十五年的老旧公寓里。之前这个房子里住着我们一家五口人，有我和丈夫、一个女儿和两个儿子。后来，女儿和儿子们各自离家开启自己的生活，丈夫也于七年前离世。

　　我出生于长崎。家中有八个孩子，我排行第七。小学五年级时曾遭遇原子弹袭击，所幸没留下什么后遗症，让我健健康康地长大。我成年后便进入公司工作，并于 27 岁结婚。我的丈夫和他死去的前妻有一个 10 岁的女儿。

　　结婚以后我就当起了家庭主妇，管起了家中一应事务。待到孩子大一些了，我便开始学学东西、当当志愿者，或是打打零工。

2020 年，我和当时还在上初中的孙子（我二儿子的孩子）一起在 YouTube[1] 上开了个账号，叫作"Earth おばちゃんねる[2]"。我，居然在 85 岁，成了一名 YouTuber[3]。

我与孙子一起拍的主要内容就是我独居生活的日常。刚开始的时候，看我们视频的都是一些亲戚，不过即便如此，我也十分开心。而就在投稿视频后的两个月里，账号粉丝便达到了一万人。

在那之后，粉丝数继续呈现惊人的攀升趋势，目前已超六万人。而"介绍我的房间"这一视频播放次数超过了一百六十万次，着实令我们大吃一惊。

之后，更是发生了一件令我意想不到的事情。有人建议我将我的独居生活写成书。初闻此言，虽深感受宠若惊，但转念一想，就当是我活了八十七年给自己的奖励，便应了下来。

---

1 YouTube：俗称"油管"，为当前全球最大的视频搜索和分享平台。

2 Earth おばちゃんねる：大意为地球奶奶频道。

3 YouTuber：在 YouTube 网站上分享上传视频内容的创作者。

本书中主要讲述一些我在 YouTube 上没来得及介绍的，有关我独居生活的二三事。

丈夫的离世，让我的想法发生了一些改变。如今我也到了风烛残年，因此需及时行乐。一个人不代表孤独寂寞，我也可以享受独居带给我的自由。

一天二十四小时，我不仅可以自由支配，还可以凭自己的喜好改变家中的装饰布局。80 岁的时候，我打了耳洞，一个人跟团去了英国旅游。

当然，随着年岁渐长，有些事自然也变得力不从心。例如，以往每天早上都是锻炼三十分钟，可是近来身体有些吃不消，便改成十至十五分钟。

人上了年纪，这也没什么办法，只好接受现实，做些力所能及的事。今后，我也想按照自己的心意，继续开心且健康地过我的生活。

致翻开这本书的每一个人，愿这本书能给您今后的生活带来些许参考。

目　录

第二章

做饭要简单，吃饭要快乐

以我喜欢的方式
过余生

第三章

不逞强不冒进，按照自己节奏
保持身体健康，享受美好生活

第四章

一个人的妙处，享受居家时光

以我喜欢的方式
过余生

第五章

不即不离，享受与人打交道的乐趣

第六章

享受花钱时的张弛有度

第七章

不过分担心未来，只享受当下

第一章

87岁，于老旧公寓中
享受独居生活

EPISODE 1

87 岁的今天，
我依旧租住在住了五十五年的公寓中

1934 年 12 月，我于长崎呱呱坠地。家中八个孩子，我排行第七。除了老大是哥哥以外，其他孩子都是女孩，我下面还有个比我小 8 岁的妹妹。父亲从事水果批发零售工作，加上祖母，我们家一共十一口人。

长崎原子弹爆炸，太平洋战争结束是我小学五年级的事。我是"被爆者健康手账"登记在案的核爆幸存者。幸运的是，我到 87 岁的今天为止，没得过什么大病，总归是健健康康地活着。

长兄应征入伍后战死，母亲于战争结束后，翌年 41 岁因子宫癌去世。虽然检查出癌症后便立即进行了手术，但于事无补。

战争结束后，父亲一人抚育我们姐妹七人成人。父亲十分擅长烹饪，每天的晚饭皆由他亲手制作。家里人口多，因此准备晚饭也是个大工程。我至今都能想起，餐桌上码放着一排排盘子的场景。

那时长姐已成人，姐姐们都很照顾我和妹妹，甚至可以说我是姐姐们带大的。

家中总是十分热闹，即便是母亲与长兄去世后，家中也未曾冷清。不过也正因为家中人多，我一直都没有自己的房间，也没什么隐私可言。这也是为什么我一直向往着一个人住。

于是，高中毕业后我只身去了大阪。在那里，我度过了青春最美好的五年，每天都过得很充实。直到姐姐们出嫁，长崎老家只剩下父亲与十几岁的妹妹，我不得不辞去工作回到长崎。

以我喜欢的方式
过余生

回到老家后，我去了一家本地的公司上班。在那里我认识了我的丈夫。我的丈夫比我大 9 岁，他死去的妻子给他留下一个 10 岁的女儿。我们二人同在一家公司工作，他待人和善，我逐渐被他吸引，打定主意要嫁给他。

一开始家里一众亲戚皆反对这门亲事，所幸还有一个姐姐站在我这一边，我和丈夫才得以结为夫妻。那年，我 27 岁。

父亲在我回老家后不久便与世长辞。妹妹住到了二姐家中，我出嫁离家也没了牵挂。

我们刚结婚，丈夫之前上班的公司便破产倒闭，他只得转去福冈的公司工作，而那家公司后来也倒闭了。之后承蒙他兄长的介绍，转去了神奈川县的一家公司工作。

在这期间，大儿子和二儿子相继出生，我们一家五口搬来了我现在住的公寓。那一年是 1967 年。之后的五十五年，孩子们各自离家组建自己的家庭，丈夫也先我而去，而我依然住在这间公寓里。

房子的布局是三室一厅，面积约为 50 平方米。虽然现在我一人住着十分宽裕，但之前一家五口一起住的时候却十分狭小。不过我却很喜欢那种狭小感——"目光所及之处"即为吾家。

我长崎老家的面积倒是很大，不过不仅打扫起来十分费力，还总觉得与家人聚不到一处去。一直以来，我理想中的房子面积都不大，因为能随时知晓家里人在哪里、做什么，所以搬进来之后我从来没想过要搬走。

我们刚入住时，公寓也才新建不久。如今，过了半个多世纪，房子也变旧了。但住久了，也有了感情，况且这房子也是我按照自己的喜好亲手布置的。于我而言，这里就是我的"城堡"，比任何地方都好。

EPISODE 2

七年前，在这个房子里与丈夫告别

丈夫离世那年是 88 岁，我 79 岁。

一日傍晚，我突然听到"扑通"一声巨响，好像是什么物品掉落的声音。前去一看，才发现是丈夫倒在了厕所前。

叫了救护车送去了附近的大医院。医生告知：丈夫是心脏旁的血管破裂导致的昏迷，如果不及时手术可能撑不过三天。而且是大动脉瘤，之前演员石原裕次郎先生也是因为这个病做的大手术。

我们马上办了转院，做了手术。手术虽然成功了，但丈夫渐渐吃不下医院里的餐食，便提出想要回家。医生同意丈

夫出院，并表示出院后让他想吃点什么就吃点什么。住院三周后，丈夫出院，我也做好了思想准备，陪他走完最后的日子。

出院后，丈夫无法独立行走，去医院就医变得异常困难。于是我们找到专业护理人员进行咨询，认识了上门问诊的医生。之后就是医生每隔三天来一次，在家中问诊。

虽然回到了家里，但丈夫依旧无法食用固态食物。直到外孙来探病时，告诉我可以试试蛋白粉。我便将蛋白粉溶入果昔中，丈夫借此得以续命。虽然在我的搀扶下他能自己去厕所，但大部分时间还是躺在床上。

丈夫去世前三天，昏睡时间明显变长。上门问诊的医生对我言明，大限将至，该通知亲属了。我给孩子们打了电话，把他们叫来了家里。

丈夫在床上酣睡，我们守在床前。突然大儿子说："爸爸的呼吸节奏变了。"在众人的呼声中，丈夫倏然睁开眼睛，深呼吸三次后永远地闭上了眼睛。

从摔倒到去世一共五十天。丈夫就像睡着了一样，走得很安详。在家中照看、在家中送走，我有一种尽力了的安心感。我对丈夫再无留恋，同时也没有什么孤独感，这十分不可思议。

每天早上起床后，我会先给佛龛换水，然后双手合十，将每天发生的事说给丈夫听，让他保佑孩子们平安康健。当然，我也会时常更换佛龛前的鲜花。

我也希望能像丈夫一样，在这个房子里安安静静地度过最后的日子。

EPISODE 3

独居七年，不觉孤单，本就喜欢独处

我已独居七年，从不觉得孤单。

我从小内向，在学校时不喜欢主动和朋友说话，在家时也多是在母亲身旁织一些东西。我喜欢做自己一个人能做的事，尤其是读书，一读就是几个小时。

从九州搬到神奈川县时，一开始我没什么朋友，心里难免思念故乡长崎，觉着这里不过是临时的居所，自然总也融不进当地。那段时间，我或是改改屋内装饰，或是裁缝针织，又或是做饭读书。于我而言，这样在家独处的时间是一种精神上的支柱。也正是这段时间，我在这个房子里打造了我自

这是把户外折叠椅，我平时用作辅助椅。既轻便又好搬运。窗边采光好，我常把椅子搬过去，在窗下看书。

己的世界。

在这里住了十年，我才终于习惯这里的生活，打消了回九州的心思，决定在这里努力生活。也是从那之后，我开始一点一点接触外面的世界，培养一些水彩画之类的兴趣爱好。不过也是挑一些可以一个人做的事来学，我这个人可能从心底就是个喜欢独处的人。

新型冠状病毒肆虐时，我丝毫不觉居家隔离苦闷难耐。那段时间，我在家过得很充实，有很多想做的事。看看YouTube 视频和录好的老电影，读读书、做做针线活、织织东西。

因为小时候经历过战争，所以我觉得人只要有食物便可以活下去。而居家隔离期间并未发生食物短缺的情况，对此我万分感激。

战争结束那年我 10 岁，正值发育期，总是感到腹中饥饿。而那时，我们一大家子只能一起分食稀薄的米粥度日。当时人们需要以家庭为单位，各自寻找食物。我们家还曾经在附近的公园里开辟了一块地，种了一些蔬菜。

在居家隔离的这段时间里，我还想了想我身边的一些事。我开始重新审视一些有关能源与食物的问题。如"晚上早睡，是不是就能省电？""自动售货机需要用电，那么在有便利店的地方是否还需要有自动售货机？"等。

平日里忙忙碌碌，没有什么时间让我慢慢思考，所以我觉得居家隔离的那段时间也并没有被浪费。

EPISODE 4

每周一次，免费学习班，"老伙伴"很靠谱

我虽然十分喜欢在家中独处，但也时常有事需要外出，比如去参加学习班之类的。之前受新冠疫情影响，部分学习班暂时停课，好在最近逐渐恢复了一些。

我最常去的是一家面向老年人的公社，地点在我家附近地铁站旁的写字楼里。公社由本地的 NPO[1] 法人运营，是看护预防活动援助事业的一个项目。公社里有各式各样的

---

1 NPO：非营利组织，是指在政府部门和以营利为目的的企业之外的一切志愿团体、社会组织或民间协会，是介于政府与营利性企业之间的"第三部门"。

第一章 | 015
87岁，于老旧公寓中享受独居生活

放在卧室里的台灯。购自附近的古董店。灯的亮
度有些刺眼，于是便贴上了我自己画的画信。

学习班与兴趣组，每日只需1000日元[1]便可参加，还包午餐。

（新冠疫情肆虐时，暂不提供午饭，每日费用减至500
日元[2]）

　　我参加的教室有画信[3]、写经、麻将、服装样式翻新等。

1　1000日元：约合50元人民币。

2　500日元：约合25元人民币。

3　画信：又称绘手纸，通常使用明信片大小的宣纸，在上面绘出图案并添
　加适当的短语。

画信每月一次，目前暂由鄙人授课。称不上教了什么高难的东西，只是给学员们一些建议，简单教一教怎么入门，如何拿笔、如何填色等。

其实学员们都画了很久，并不需要我来指导。只是来参加画信班的学员们表示，有人给建议才更想画，所以我才继续教他们。

抄写佛经的活动则是自书法老师离世后，由之前班级的成员每月自发举行一次。也就是说，现如今班里没有老师授课。班级成员皆为女性，年纪相差无几，因此每次都聊得很愉快。

"自卫队究竟是什么？""哪种死法好？"等话题，从讨论政治再到讨论活法，包罗万象。很多话题只有在这里才能聊到，我十分感兴趣。以往我们只要一聊天，手就会停下来，而如今已经可以一心二用。

麻将是以前和亲戚一起打着玩学会的。我想着它也能锻炼大脑，就参加了。麻将活动每周举办一次，我则是每月参加三次。参加这个活动的几乎都是男性，因此与其他活动有着不同的氛围。

此外，我还参加了市民中心主办的歌唱教室。放声高歌能缓解压力，每次唱完后甚觉浑身舒畅。之前活动停过一段时间，如今重开后变成了每月一两次。

这样写下来，才发觉我在学的东西好多呀。不过每项都没花钱，频率也没那么高，平均下来不过一周一次。这个频率对我来说刚刚好。

我的"老伙伴"十分可靠。有些话题只有在同一个年龄层才能聊得起来，只有年纪相仿才能相互理解，并且学习班里还能交换一些信息。即便与他人交情不深，但在现实中与人交谈，本身便能很好地调节心情，也能让生活变得张弛有度。

EPISODE 5

我和上初中的孙子一起开始玩 YouTube，85 岁开启新世界

那时我孙子还在上初中，我看到他在 YouTube 上看视频，于是就向他请教怎么看。我之前就对布置房间十分感兴趣，便在 YouTube 上看了很多介绍布置房间的视频。看着看着，我也兴起了拍视频的想法，就找来了擅长电脑的孙子聊了聊。就此决定，我们俩一起拍视频上传 YouTube。

一开始拍的视频，更像是寄给亲戚们的信。受新冠疫情的影响，我们很久没见了。此外，我还想着将我画的画信与水彩画，以及我做的莫拉（巴拿马的手工艺品）通过视频记

这是拍摄YouTube视频时的场景。主要是我孙子来想下一期的拍摄内容，我从旁出主意，我们俩一起商量着定下视频脚本。

录下来。这样在我离世后，我的孩子们也能偶尔看看这些视频，想想我。

听到孙子对我说愿意和我一起拍的时候，我十分高兴。这孩子的父亲是我的二儿子，几年前成了单亲爸爸。那段时间发生了很多事，这孩子过得也不太容易，好在都过去了。现在他们爷儿俩也在努力过好自己的小日子。

我的大女儿和大儿子也有孩子，不过都已长大成人。也就是说，只有这孩子的未来，我是既担心又期待的。

我想着，如果拍视频能让这孩子在自己擅长的领域更进一步就好了。

2020 年 8 月，刚开始拍视频的时候，看我们视频的都是亲戚。直到两个月后，上传的一条介绍房间的视频火了。播放量达到了一百六十万次的同时，粉丝数也得到了爆发式增长。

经过一年半的运营，如今粉丝数已超六万人（截至 2022 年 2 月）。其中 55 岁以上的女性占了总数的大半。我与孙子皆大吃一惊，并对此心存感激，感谢大家观看我们的视频。

我的画信老师给我寄来了一张明信片，老师于二十年前搬去了东京。明信片中问我是否安好。我感激于老师还记得我，便马上写了回信。

以往每年，我都会用这样的画信来制作日历。2020 年，我决定将这个日历作为圣诞节礼物，送给平时经常看我视频的粉丝朋友们。

制作日历，首先需要从我当年绘制的画信中选出十二张进行彩印，之后再添上手写的日期。以往都是做四份，我和孩子们一家一份。我在视频中表示，想将这样的日历送给十位粉丝，结果居然有一百多位粉丝报名。

一开始我还在想会不会有人来报名，所以当我看到很多人报名时非常开心。之后是我孙子做了抽奖，二儿子也帮了忙，才把日历寄给了中奖者。

中奖者中有一个人也经营着 YouTube 账号，他还在自己的视频中介绍了这个日历。他的视频很棒，视频的解说部分给我留下了深刻的印象。像这样，通过视频进行交流，我也觉得很有趣。

2021 年年底，我再次准备送出一些礼物，同样也有很多人报了名，对此我万分感谢。

令我意想不到的是，我的 YouTube 视频在我的二儿子——一个单亲爸爸做晚餐时，派上了大用场。据说他在跟着我的视频做汉堡牛肉饼和咖喱。以往基本没怎么做过饭的一个人，却好像对做饭也有了些兴趣。据他本人所说："视频反而更加简单易懂。"

85 岁开始玩 YouTube，让我与各种各样的人结下了缘。同时，我也很高兴可以通过 YouTube 帮到二儿子父子俩。希望今后也能同孙子一起继续制作视频。

EPISODE 6

力不从心亦无可奈何，
享受现今力所能及之事

每晚就寝时，我最为幸福：感谢今天无病无灾，感谢有一个遮风挡雨的居所，感谢有一个温暖舒适的床铺。

但我真的感觉老了，今年摔了两次，伤得都很重。以往从未这样摔过，说实话，有些受挫感。现在也越发觉得大功率吸尘器体积巨大，过于笨重，无法自如地使用。我虽然喜欢吃美食，也喜欢做菜，但随着食欲减退，也吃不下什么东西了。

深深地感受到自己正在日渐衰老，以往可以轻松做到的事情，如今却渐渐力不从心。

87岁，于老旧公寓中享受独居生活

不过，这也没什么办法，做不到的事唯有放弃。享受当下力所能及之事便好。

目前，我最痛苦的岁月莫过于战争与战争结束后的那段时间。无衣无食，终日饥饿；哥哥战死，母亲于战争结束后翌年患癌去世。与那时相比，现在的生活宛若天堂。

再就是与丈夫刚结婚时有些艰难。20世纪60年代，日本国内经济形势不稳定，丈夫就职的公司接连倒闭。我们从九州搬到关东也是因为丈夫换了工作。接着家中添丁，成了五口之家。那阵子，甚至可以说能不能养得起孩子都是未知数。

不过，我的心态倒是没那么消极。因娘家常年经商，我也见识过生意时好时坏。尤其是战时与战后的经历，让我有信心依靠现有的东西想办法渡过难关。

此外，还有这样一件事。丈夫与其过世的前妻有一个女儿，在与我结婚前，他与女儿和母亲三人同住。对于女儿来说，我是以继母的身份嫁进这个家里，心绪复杂在所难免。而对于之前照顾女儿、承担母亲角色的婆婆来说亦是如此。

之后，我也生了一个儿子。不过却考虑到婆婆与继女，没能和儿子好好相处。时间久了，日渐痛苦，我便与丈夫商量，离开这个家，我们夫妻与儿子三个人住。

一开始，丈夫有些在意周遭的目光，后来看到我如此坚定，便在附近租了房子。有了距离，我与婆婆的关系也变好了。女儿与我们这个小家的关系也越来越近，刚搬到神奈川县人生地不熟的时候，她还经常鼓励开解我。

当然，那个孩子也有过叛逆期，不过经历了这么漫长的岁月，现在我们俩如同亲生母女般无话不谈。女儿与我两个儿子的关系也很好，丈夫的葬礼是女儿和大儿子一起操持的，我没操什么心。

这一辈子，我虽历经风雨，却也觉得无比幸运。我这个人，为人处世总是按照自己的节奏来，没怎么吃过苦。无论何时，我都认为不开心就亏了。也许正是这种乐观的心态，令我在艰难困苦的时候也能找到一些快乐。

所以，一路走来，我总是觉得此时此刻最为幸福。

抱着终老于此的想法，
我想一直在这间房中独居

人到了这把年纪，也该想想临终之事了。

丈夫于此间房中离世，走得很安详。在条件允许的情况下，我也想在这间房子里度过最后的时光。

若是将来罹患阿尔茨海默病，丧失了判断能力，到时候便只有依靠孩子们了。但现在，我还做得了自己的主，不想去敬老院，只想一个人住在这里。这是我此时此刻最大的愿望。

大儿子曾邀请我与他同住。我虽然感谢他这份孝心，却也

不打算答应下来。我久居于此，对房中物品所在十分熟稔，即便是闭上眼睛也能找到。我想在这里悠闲地过下去，况且熟人也都住在这附近。

我认为，不住在一起，才能保持良好的关系。尤其是和儿媳妇之间，住在一起反而让婆媳间多了些顾虑。

比如，儿媳妇偶尔想回娘家看看，但因为我在，所以"有家难回"。像这样的事多了，迁就也就多了，难免生些嫌隙。

儿媳妇人很好，与我的关系也不错。但若少了距离感，我们之间的关系也就变味了。这也是我与婆婆同住时的感悟。

我任性地提出想要一家三口住，随后我们便真的搬了出去。不过也正因物理上有了一定的距离，我与婆婆的关系反而好了起来。

婆婆人美聪慧。我一说点什么，总是会遭到婆婆的反对。当时的我年少无知，婆婆也只是想多教教我罢了。虽然现在已能理解婆婆的苦心，但那时我们的关系还是很僵。后来我们分开住了之后，才慢慢自然地表达出对对方的关心。

即便是一家人，也很难一直住在一起。我认为彼此按照自己的节奏分开生活，偶尔聚一聚，方能和睦。想来不即不离方是最佳。

我孙子现在上高中了。他十分喜欢我住的房子，想搬过来住。可能对于年轻人来说，这个老公寓充满了新鲜感，按照现在的话来说就是十分"emoi[1]"。

虽然家中还有空房间，我却不打算和孙子一起住。我也和他说过，如果还是想来住，那就等到将来自己赚了钱，再来这个公寓租别的房间。

虽然不知道我最后的时光会是什么样，但我想终老在这间房子里的想法不会改变。力所能及之事亲力亲为，多多注意自己的身体健康，我还想一直独居下去。

---

1 emoi：エモい。指感动，伤感，不言而喻的感受。

第二章

做饭要简单，吃饭要快乐

EPISODE 1

65 岁，花一年时间读专科学校，
拿厨师证的原因

65 岁那年，我花了一年的时间读厨师专科学校，拿到了厨师证。

当时因住在佐世保的四姐患癌去世，我受到打击，伤心萎靡了一段时间。我与妹妹幼年时，四姐对我们十分照顾，几乎等同于母亲，因此我们也最喜欢四姐。四姐离世前三个月，我经常往返于佐世保与神奈川两地照顾她。

送别四姐后，我萎靡不振了一段时间。孩子们便鼓励我去做一些自己喜欢的事情。

为了振作起来，我决定学一些东西，便报名去读厨师专科学校。我以前也参加过烹饪培训，但这个是正规的烹饪培训学校，一年就可以考到证书。那时我十分消沉，就当是自我鼓励，便特意选了这所学校。

　　每周五天课，上课时间是从早到晚，午餐需要自己准备。

　　这一年虽辛苦，却也过得十分开心。因我爱好烹饪且常年做饭，故早已掌握烹饪的实操技巧。不过于我而言，烹饪课程却是十分新奇与有趣。它让我重新系统地学习了烹饪理论、营养学、食品卫生等相关课程。

　　在一群不到20岁的学生中，我总是坐在前排认真听讲。我找到了学习的乐趣，当初上学的时候没怎么学习，等到年纪大了才发现学习竟如此有趣。

　　我虽然在学习上很有热情，不过或许是年纪大了，总也记不住课堂上所讲的内容。在上半期的考试中，有一科没有及格。老师安慰我，说我平时上课听讲认真，笔记做得也很好，所以没关系。

以我喜欢的方式
过余生

毕业前夕，我还去了巴黎的合作学校，体验了一把研修旅行，这一年过得十分充实。

　　毕业后，我在一位朋友开的一家居酒屋里帮了点忙，只有在周末才会去，大概去了一年。因我做的九州风味甜口玉子烧得到了老板的赏识，便让我负责烹饪玉子烧。这份工作虽然很忙，但我却觉得很开心，值得一做。

　　在那之后，我来到了现在常去的老人社区，每周参加一次无偿做午饭的活动。社区的菜谱兼顾营养平衡，按照食谱制作出精美的菜肴，这个过程也十分具有成就感。此外，负责人的手艺十分了得，他对于一些新食材的烹饪手法让我获益匪浅。在这里我收获了许多宝贵的经验。

　　70岁时，我因在路上摔了一跤，肩膀痛了很久。至此，考虑到年纪也大了，恐怕再难挥动大锅，我便辞去了志愿者工作。

　　幸好当初下决心上了厨师专门学校，我才得以从四姐去世的悲痛中解脱。上学这件事也让我变得更加自信，让我感受到无论多大年纪都能去钻研自己喜欢的东西，还让我看到了新的世界。

EPISODE 2

一日三餐，粗茶淡饭，按时按点

因幼年丧母，所以于我而言，家常菜的味道便是父亲的味道。父亲厨艺了得，这让我对每天的晚餐都充满了期待。偏甜且味重，依旧是我现在的口味。

我虽是一人独居，却也是一日三餐，自炊自食。早上7点，中午12点，晚上则是6点半，将一整天分为几个时间段。如此，已经养成了习惯，所以不吃饭就无法进行下一件事情。

不过随着年龄的增长，我吃得也少了，多是粗茶淡饭，简单吃点。

早餐为富含八种食物的果昔，仅需将果昔料放入搅拌机

野田产珐琅水壶。一见钟情，用了已有十年。2升大容量，清晨水开后，再将开水倒入保温壶中。

中搅拌一分钟即可享用。这种早餐只需"喝"，因此无论是制作还是食用都十分快捷。

早餐在果昔的基础上还会吃半个苹果和一个水煮蛋。我通常是将一周的水煮蛋一起煮好后，放入冰箱冷藏保存。

食谱虽然日复一日没什么变化，但我却并未感到腻烦，反而摆脱了考虑做什么菜才好的烦恼，省时省力。

于我而言，每日的午饭是吃得最多的一顿，多为蔬菜炒肉、加了很多食材的味噌汤等，以确保能够摄入鱼类、肉类等动物性蛋白质。我还经常吃一些高蛋白、方便快捷的食材，诸如鲭鱼、竹夹鱼罐头，或是竹轮、油豆腐块，等等。

此外还有副菜三两道，多为炖羊栖菜、炖萝卜干、水煮菠菜，以及西式腌菜，等等。一次多做一些，放进冰箱冷冻或冷藏保存。

晚饭时我还要喝点小酒，所以只做点下酒菜。我经常吃豆腐，夏天多为凉拌豆腐，冬天则是吃豆腐锅。

此外，我还会吃一两道做好放在冰箱里的副菜。

一日之中，晚饭吃得最少。睡前忌过食，我认为少吃为好。

EPISODE 3

享受用碗碟吃饭，竹轮切一切亦可为菜

　　每天，我一个人坐在餐桌前，吃着粗茶淡饭。即便如此，我也十分喜欢吃饭这件事，十分重视吃饭的时间。

　　我喜欢将每一道菜盛进自己喜欢的碗碟里。

　　自年轻时起，我便十分喜爱餐具器皿。受到母亲的影响，一众姐妹也十分喜爱碗碟。这些碗碟，既有实用性，又有观赏性。

　　九州有很多地方产餐具器皿，如有田、伊万里、唐津等地。住在佐世保的姐姐时常邀请我去有田的陶器市场，我往往放下电话就立刻出发。那里还能捡捡漏，有的只需要几百

午餐一景。我喜欢吃，一人亦颇开心。

这是放在客厅的橱柜。里面放的每一个碗碟皆为我钟爱之物。有客来或是
其他场合，只要有机会，我便会拿出来使用。

平时常用餐具放在水槽
上面，伸手便可拿取。

日元。

我喜欢东京驹场的日本民艺馆，妹妹与外甥女来神奈川的时候，我经常带她们去。

民艺馆由柳宗悦先生创办，是一个展示传统工艺品的美术馆。附近还有一家很棒的瓷器店，逛这家店也是我的乐趣。我酷爱蓝色的碗碟，这种颜色可以更好地衬托出菜品。其实我所喜爱的更多是蓝色本身，以至于房间里自然而然地汇集了许多蓝色的物件。

差不多到了进行生前整理[1]的时候，我便开始一点点整理身边的物件。可是，我所钟爱的碗碟却不见减少。所以在几年前，我趁着元旦亲戚们齐聚一堂时，一咬牙，便把一些碗碟分给了女儿和大儿媳妇。

那天，我把碗碟通通摆在饭桌上，对她们二人说，可以

---

1 生前整理：为了避免患病后给自己的晚年生活带来麻烦，日本老年人到了退休年纪，就开始自觉进行"生前整理"，对自己的财产和物品进行合理规划，去世时不给子女留负担。

把喜欢的带回去。于是二人商量一番后，将东西分了。这帮了我大忙，有些东西一直放在橱柜最深处，几乎未曾使用，我总觉得这也是一种浪费。

多亏了她们，橱柜空了很多，以至于现如今可以用来展示我的收藏品。我留下了我最喜欢的碗碟，便也不觉得后悔了。

平时我自己吃饭时用的碗碟放在厨房水槽上面的架子上，这样方便拿取。我吃得也少，所以这些碗碟大多小巧，盛上些许菜肴看也很美观。

碗碟合我心意，所以即便只是放入切好的竹轮，也可为一道菜。光是靠颜值，便既能满足我的心，又能满足我的胃。

EPISODE 4

做饭极简，少调料，只需"拌"与"腌"

我虽在厨师专门学校学习过正统的中餐、西餐与日本传统料理，可平时做饭的风格却没什么变化。我做菜的风格向来都是追求极简，如今过着独居生活，便更是"简上加简"。不过我认为，这恰恰是我能坚持每天自炊的最佳理由。

例如芝麻拌菠菜，只需将煮好的菠菜盛进器皿中，加入芝麻粉、白砂糖、酱油后搅拌即可。无须再将拌菜挪到其他碗碟之中，不仅省事，还可以少洗个碗。一捆菠菜一次吃不完，所以我一般是将煮好的菠菜盛入保鲜盒中，放入冰箱保存，这样很方便。每次在碗碟中盛入一人份的量，

芝麻拌菠菜我喜欢多放一些白砂糖。我老家在长崎，故调味上偏好甜口。做菜时糖放得较多，所以平时吃的零食反而不怎么甜。

浇上料汁做凉菜食用，一般能吃一周左右。

酱油腌萝卜黄瓜。将萝卜与黄瓜切成均匀的小块，倒入适量生抽后静置数小时即可食用。

这道菜是我婚后住在长崎时学会的。当时我也参加了姐姐所在的妇女之友·全国友之会，这道菜也是在协会里学到的。虽已有六十年之久，不过因这道菜好吃且做起来简单，所以现在我也经常做。

煮萝卜干较为常见的做法为，挤干泡发后的萝卜干，用油炒制后加水煮。而我则是将萝卜干放入锅中泡发，之后在锅中放入大蒜等食材，加入白砂糖、生抽等调料后直接煮。

泡发萝卜干的水本身味道很好，我一般不会倒掉，而是直接使用。无须额外使用高汤，也无须炒制，便很好吃，还省事。

萝卜干，我推荐脆咸萝卜干的做法。将萝卜干清洗后放入密封容器中，之后只需加入醋、酱油、白砂糖腌渍即可。萝卜干未经泡发，故能保留其爽脆的口感，十分美味。因只

酱油腌萝卜黄瓜

将萝卜与黄瓜切成约1厘米宽的小块，放入碗碟中，淋入一圈酱油。
待数小时后，萝卜与黄瓜均渗出水分，味道正好。可代替福神腌菜[1]，为咖喱佐菜食用。

---

1 福神腌菜：又名福神渍、什锦酱菜。把萝卜、茄子、藕等切好用盐腌渍，脱盐后再渍入料酒和酱油中的酱菜。

需半日即可腌入味，我喜好将此类醋拌凉菜作为小菜食用。

我本就喜欢吃醋拌凉菜，平时为了储存凉菜也多放醋。一次多做一些，便能吃很久，这也是我在厨艺上追求极简的小窍门。

西式泡菜是一道很方便的常备菜。只需将黄瓜、萝卜、胡萝卜、红辣椒切成条状，装入大一些的瓶子中，再加入市面上销售的凉拌醋即可。

虽然用自己调配的西式泡菜汁来腌渍味道会更好，但我还是想偷个懒。

我还用市面上售卖的寿司专用竹荚鱼来制作醋腌竹荚鱼。我会买预先处理好的竹荚鱼回来生吃，吃不完的再用醋腌制。只需要撒上一些盐后直接泡进醋里，过几个小时便可食用。

竹荚鱼泡在醋里可冷藏存放三四天，不仅十分适合我这种缺乏蛋白质的人食用，还可作为晚酌时的下酒菜。

我经常用微波炉来备菜。煮萝卜时，提前用微波炉加热

脆咸萝卜干

醋腌法。将萝卜干洗净后挤干水分，放入密封容器。
醋、白砂糖、酱油按照2：2：1的比例混合后，倒入容器中，腌渍半日即可食用。选用颜色偏白、较细的萝卜干。

煮萝卜干

煮萝卜干常用的萝卜干较粗。锅中放入萝卜干，加水没过萝卜干泡发。之后锅中加入胡萝卜、竹轮、炸鱼饼等食材，白砂糖、酱油调味煮制。泡发萝卜干的水味道很好，可替代高汤。

西式泡菜

西式泡菜里我喜欢放的蔬菜有黄瓜、萝卜、胡萝卜、洋葱、红辣椒等。

泡菜所用的泡菜汁是mizkan品牌的"简单醋"。西式泡菜的保质期较短，需要尽早食用。除此以外，其他蔬菜放入冰箱可存放一周。

醋腌竹荚鱼

刺身用竹荚鱼，在鱼身均匀撒上盐后静置一小时。用清水洗过后，擦干水分便可去除其腥味。

将处理好的竹荚鱼放入密闭容器中，倒入醋使大部分食材泡进醋中，放入冰箱静置一两个小时即可。泡久了鱼肉便会变柴，所以若非马上食用的话，需将鱼肉从醋中拿出来单独存放。

则会使萝卜更易入味。

此外，我还推荐用微波炉加热卷心菜丝。年纪大了之后，生的卷心菜逐渐变得难以下咽，所以我一般喜欢将卷心菜丝稍微加热一下，使其变柔软的同时保留一定的口感。

换成这种处理方法之后，我便开始经常在沙拉或配菜中使用卷心菜。

使用带盖可微波加热的容器，便可多加热一些后直接放入冰箱冷藏。

鱼罐头十分方便，是我的心头好。我经常购买价格实惠的沙丁鱼罐头。小罐装恰好够一人食用，多在午餐时当小菜，或晚餐时下酒。连骨头一起食用还可补充钙质。

一些市面上方便的调料、罐头与熟菜，以及微波炉等，于我而言皆为有力臂助，帮助我做好自己的饭食。今后还要多多善用此类产品，进一步充实我家的一人小饭桌。

将卷心菜丝放入耐高温容器中，盖上盖子，电磁炉600瓦加热三分钟。加热后软硬程度适中，不会过于软烂。我一般配上蛋黄酱食用。

沙丁鱼罐头较为方便。虽然青花鱼罐头与白菜一起煮十分美味，但是一个人吃的话分量实在太大了，因此最近没怎么吃青花鱼罐头。

水槽区域狭小，以至于菜板只能竖着放。即便如此，我也在这里
做了五十多年的菜，没什么不方便的。菜刀我会经常磨一磨。

**以我喜欢的方式
过余生**

EPISODE 5

年轻时经历过战争，
蔬菜边角料也不舍得扔，不浪费食材的小妙招

　　我经历过战争与战后的那段岁月。那个年代食物短缺，因此浪费食物于我而言堪称切肤之痛，所以我从不浪费半点食物。

　　除洋葱皮与土豆皮之外，其他蔬菜不削皮直接用。萝卜除做关东煮以外，其他时候也不削皮。将萝卜连皮一起制成萝卜泥，其实在味道上并无任何差别。

　　胡萝卜也从不削皮。胡萝卜皮虽可单独制成金平菜[1]，

1　金平菜：一种日本家常炒蔬菜丝的做法。

放在右上角的是沥水篮。三十多年过去了，底糟了，已经不能再用了。不过这种手工制作的篮子很有味道，所以现在当成装饰放在那里。

以我喜欢的方式
过余生

但我觉得这样反而麻烦了，所以一般是将带皮的胡萝卜直接做成金平菜。

不削皮直接使用食材的好处很多。既能避免食材的浪费、省些功夫，还能摄取蔬菜皮中富含的营养成分。其实只要做熟，口感和味道上基本没什么差别，所以我一直都是带皮吃。

我很喜欢吃苹果，每天早上都要吃。我吃苹果从不削皮。或许是因为娘家经营的店里卖水果，所以我从小到大吃苹果都是连皮一起吃。不过近来逐渐感到苹果皮有些硬，所以只能削了皮再吃。但苹果皮直接扔掉又觉得有些可惜，因此便在早餐中一起制成果泥食用。

为了避免浪费食材，要充分利用冰箱的冷冻功能。例如，我会将卷心菜与莴苣较为坚硬的部分放入冰箱中冷冻，待日后放入味噌汤中。这些部位生食较为困难，但多煮一会儿便十分美味。

每次做味噌汤，我都会将冰箱中剩下的蔬菜一股脑儿都加进去。做一次可以吃三天，虽然味道一天比一天淡，但一想到汤里浓缩了很多营养，便又能吃下去了。对于一些吃得少的老年人而言，味噌汤恰可补充一些营养。

我特别喜欢吃豆芽，所以时常在冷冻室里备一些。只需稍微加热，口感上与冷冻前没有太大差别。炒豆芽只需加一点盐与胡椒便很美味。此外，我还喜欢韩式拌豆芽的做法，只需将豆芽焯水后加入香油与盐即可。

韩式拌豆芽

豆芽简单焯水后倒入容器中，加入芝麻油、盐、胡椒粉。
我通常一次煮完一包豆芽，豆芽放久了会变软，所以两三次便要将其全部吃完。图中豆芽上面还加了我在阳台养的日本水青菜[1]。

1　日本水青菜：又称日本芜菁。原产于日本关西地区，芥菜科植物。叶片卷曲，边缘有光泽，呈深绿色。多用于混合生菜或春季混合沙拉。

调出高汤后剩下的海带也不会浪费。

这些是调出高汤后积攒下的海带，便于日后制成咸烹海鲜。冬天我经常吃豆腐锅，所以不需要多久便会攒下很多这种海带。

做味噌汤时，我喜欢简单用点高汤粉；而晚上做豆腐锅时，则偏好用海带高汤，与豆腐更相配。

说是海带高汤，但实际上只是将海带与豆腐一同放入石锅中煮。这样做出来的豆腐锅味道柔和，令人放松。

将煮过的海带切成宽2厘米的块状后，冷冻保存。待积攒了一些后拿出，加入酱油、酒、醋等调料，煮成咸烹海鲜。只加酱油和酒会让海带变硬，而加上醋则会使之变得软糯。我会一边尝尝海带的软硬，一边调整着放醋。

平底锅中放入肉与米粉后，再铺一层蔬菜，加入水后盖盖焖煮。这道菜好吃又省事，所以家中总是要备上几包这种米粉。

　　若是一次只做一点的话会很麻烦，因此建议冷冻好，多攒一些一起做。

　　最近比较喜欢在 KALDI 超市买的自带酱包的米粉。一包大约 100 日元[1]。

　　我会放一些猪肉、豆芽、卷心菜、胡萝卜之类的食材一起吃。基本上就是家里有什么放什么，清一清库存。做起来很方便，所以经常用于午餐。

　　因为扔的东西少，所以我家的垃圾也很少，也就少了很多扔垃圾的麻烦，这也让我很开心。

1　100 日元：约合 5 元人民币。

EPISODE 6

炸鱼肉饼、豆腐……
我常吃练物[1]与豆制品来补充蛋白质

上了年纪之后，大鱼大肉越发难以下咽。但我怕自己缺乏蛋白质，便开始经常吃练物。练物不仅富含蛋白质，而且吃起来也很方便。

我的老家在长崎县，老家前面有一家很大的鱼板店。在长崎，炸鱼肉饼又叫作"炸鱼板（kanboko 或是 kamaboko）"。

---

1 练物：半成品食物，将鱼肉或蔬菜等打成泥，调味，成形后加热而成，常见如鱼板（鸣门卷）、竹轮等。

　　上学的时候，我经常买炸鱼肉饼，自己煮成甜咸口，装进便当带去学校。所以炸鱼肉饼可以说是我从小吃到大的一种美食。

　　除此之外，我经常吃的练物还有竹轮、杂鱼天妇罗和竹叶鱼饼等。

　　竹轮，我喜欢蘸酱油吃。看自己当天的食量，在午饭时或是晚饭小酌时，当小吃吃上一两根。

　　煮羊栖菜时，除了油炸豆腐，我还会放竹轮。一般二者

炸鱼肉饼炒饭

（两人份）

鸡蛋一个，用平底锅炒制后盛出备用。

半颗洋葱切末，两张炸鱼肉饼切细丁，两碗温热的米饭放
入平底锅中，加入盐与胡椒调味。

靠锅边淋一圈酱油后关火搅拌。重新倒入炒好的鸡蛋后，
简单搅拌即可。

煮羊栖菜

泡发好的羊栖菜芽与煮好的
大豆备用，取一块油炸豆腐
切丝，加上两根竹轮，一同
放入锅中，再倒入半杯水，
加热。

待水沸腾后，加入白砂糖与
酱油，转小火煮十分钟即可
出锅。

我经常食用软嫩易嚼的羊栖
菜芽。

胡萝卜魔芋金平菜

平底锅中倒入芝麻油加热，
放入切成丝的胡萝卜与月牌
魔芋（普通的魔芋亦可）炒
制。

倒入约半杯水，放入白砂糖
与酱油后，炒至锅内几乎无
水分为止。

**以我喜欢的方式
过余生**

我只放一种，不过两种食材都放进去，味道会更好一些。

煮羊栖菜一次吃不完，我会分成小份冷冻起来。

炸鱼肉饼，我一般是稍微煎一下，再加点酱油吃。丈夫退休后，我的午饭就添上了炸鱼饼炒饭。

有没有什么菜是简单易做，又量大实惠的呢？于是我便想出了下面这道菜：食材主要有炸鱼肉饼、洋葱、鸡蛋。洋葱的甘甜与炸鱼肉饼十分契合，故不用大葱代替。这样比起加入叉烧肉或火腿肉口感更佳。用家中常见食材便可制作，所以我二儿子也常在家中做这道菜。

豆制品与练物相同，富含大量蛋白质的同时烹饪简单，因此我也常吃豆制品。

其中我最喜欢的是豆腐。晚饭经常吃的便是豆腐，夏季是凉拌豆腐，冬季则是豆腐锅。我还会将油炸豆腐放进味噌汤里，也会加进煮羊栖菜或煮萝卜干等煮菜之中。微波炉加热过的豆腐泡里加点生姜酱油，吃起来也很美味。

EPISODE 7

每晚小酌，固定一杯

人们常说，九州人能喝酒，我父亲与姐姐们也好喝酒且酒量不俗。当然我也不例外，很喜欢喝，至今每晚少不了小酌一番。

不过，为避免喝多伤身，所以定量每晚只喝一小杯酒。虽然平时多喝日本清酒，但偶尔也喝喝威士忌与烧酒。由于这点量根本喝不醉，所以喝完酒之后我会收拾收拾厨房，或是做做自己喜欢的针线活儿。

晚间小酌一杯，于我而言是一日之尾声。小酌后身心自然而然就放松了下来，觉得今日未曾虚度，庆幸自己依然身

体康健。

晚饭，难免会多一些下酒菜。如前文所述，我午饭吃得多，所以晚饭便吃得少一点，多为之前做好的小菜，或是快手的豆腐锅、凉拌豆腐和竹轮等。几乎无须烹饪，十分方便。

有时，觉得午饭补充的蛋白质不太够，我便会再吃点鸡翅。有时莫名很馋肉，我想那一定是身体在渴望肉类的营养。

我喜欢吃鸡翅，通常将鸡翅切成两半，分成小份放进冰箱冷冻。微波解冻后，撒上少许盐放在铁丝网上烤制。这道菜下酒正合适。

我常做的小菜还有一道煮鸡皮。只需将鸡皮水煮后，清洗干净切成丝。之后再淋上柚子醋与九州柚子辣椒酱混合而成的酱汁，便十分美味。

我20多岁的时候，住在老家长崎。有一天下班回家，恰巧去了趟居酒屋，在那里吃到了这道菜。觉得很好吃，便模仿着做了做，一直做到今天。

这道菜可以一次多做一些，冷冻存放。由于做法很简单，所以我对鸡皮就会讲究一些。鸡皮好吃的诀窍在于一整张鸡皮直接下水煮，而非切成细丝再下水。

只有买这种鸡皮时，我才会到商超的精肉区去买。不过，100 克也才 60 日元[1]左右。鸡皮是一种营养价值非常高的食材，富含人类因衰老而日渐缺失的胶原蛋白。鸡皮上虽然也有很多脂肪，但只需水煮便会变得爽脆可口。

或许是因为我出身长崎，所以无法割舍柚子辣椒酱带给我味蕾的辛辣刺激。平时我会将柚子辣椒酱佐以各种菜式，如煮鸡皮、醋腌竹荚鱼、豆腐汤和乌冬面等。只要有柚子辣椒酱，调味简单些也无妨。我时常将柚子醋与之配合着用。

以前在九州的妹妹总会做好柚子辣椒酱寄给我，最近可能是年纪大就不常做了。所以我现在也是买市面上做好的。

我喜欢吃蘑菇，也经常吃，所以冷冻室内常备多种蘑菇。蘑菇亦可佐酒，可将香菇用黄油炒制，也可将杏鲍菇置于烤网上炙烤，拌上柚子醋与酱油制成松茸风味。

---

1 60 日元：约合 3 元人民币。

柚子醋鸡皮

鸡皮放入热水中煮两三分钟。在流水下冲刷揉搓洗净后，攥干水分。
切下鸡皮上的油脂，切丝尽量切得细些。切丝时，以前后推拉的方
式切便可轻松切开鸡皮。之后再配以柚子醋与柚子辣椒酱食用。

柚子辣椒酱

柚子辣椒酱——我必不可少的调料。我喜
欢这种有辣椒颗粒感、辛辣够味的辣椒
酱。这款酱与柚子醋搭配起来十分相宜。

**以我喜欢的方式
过余生**

烤杏鲍菇

我十分喜欢杏鲍菇那种有嚼劲的口感。

将杏鲍菇撕成方便食用的大小，放入烤鱼盘[1]中烤制几分钟之后，与柚子醋一起食用。相比起用刀切的，手撕的杏鲍菇更易挂上柚子醋，味道也更好一些。

---

1 烤鱼盘：日本家庭灶台下方嵌入式的小型烤鱼盘、烤鱼箱。

EPISODE 8

制作梅干、阳台菜园······
享受那些"费些工夫"的事

在做饭上，虽然大多数情况下我都是追求简单快捷，但有些菜我却喜欢费些工夫。

过去，我一直自己做米糠腌菜。这倒也不难，不过我不会一直培育糠床，而是春天重新培育，待到冬天前便结束腌制。

冬天，我会腌一些白菜。将一整棵白菜置于通风处自然风干，待到充分风干后加入盐腌制（还需放入海带与柚子皮）。以往，每年都要腌一些，可自从丈夫去世后，我一个人就吃

梅干我会腌在大一些的坛子里，放进卧室壁橱中保存。

不完了，所以现在也不腌了。

我虽喜欢腌菜，却不在市场中购买成品。唯一例外的是雪里蕻腌菜。买回来切碎，置于保鲜容器中放入冰箱存放。我很喜欢雪里蕻腌菜，所以冰箱中总会存放一些。

现在，我依然坚持每年都要做的是梅干。从小区超市中购入 1 千克的梅子，加入盐与红紫苏一同腌制。待析出梅汁后，将梅子取出均匀地摆在筐里，放在阳台晾晒三天。

1 千克刚好是一年能吃完的量。上次就是看到了上好的

阳台虽狭小，却采光极佳，因此植物根壮叶茂。这种毛毡材质的花
盆不仅重量轻，还自带把手，搬运十分方便。

梅子，一口气腌了 3 千克，想着可以很长一段时间不用再腌
了，可最终还是没吃完。

　　之前还有一次，想着少放些盐有益健康，所以腌梅子的
时候盐放得少了些，结果生了霉。果然，对于腌菜而言，盐

浓度很是重要，于是自打那次之后便一直都是用百分之十八的盐分腌梅子。

每当我去学习班带饭时，一定会带上梅干。我一般是将去除果核后的果肉用菜刀拍平，涂抹在米饭上，之后再在上面盖一层米饭。果核直接扔掉未免有些浪费，我通常将之留下来，放入茶或烧酒中，品尝其风味。

我还在阳台上养了些应季的蔬菜，有西红柿、茄子、黄瓜、小松菜以及茼蒿等。

花盆，我选择毛毡材质的，这种材质的花盆可以直接放入花土。

毛毡质地可以排出多余的水分，不过我觉得花盆底部直接接触水泥地面会导致排水不畅，因此我又买了铁艺收纳篮垫在毛毡花盆底部。

将收纳篮倒扣在地上，再在上面放上毛毡花盆，就能避免花盆与地面直接接触。这样也能避免害虫藏在花盆底部。

种出来的蔬菜，我会做成沙拉或是放进味噌汤里。

以我喜欢的方式
过余生

第三章

不逞强不冒进，按照自己节奏

保持身体健康，享受美好生活

每日 5 点起，日常生活有规律

我起床、吃饭和睡觉的时间几乎日日相同。我认为这样便可形成节律，每天保持相同的节律便可保持良好的身体状况。我每天的作息如下文所示。

5 点：起床，洗漱穿衣。给佛龛换水。

6 点：去小区广场做广播体操。之后去散步。

7 点：一边用洗衣机洗衣服，一边准备早饭。吃完早饭后，晾衣服。

最后用手持吸尘器打扫房间。

※ 以上是每天早上做的事。

9 点：看电视，休息。若犯困，会在床上小睡一小时；若是不困，则去打理小区的花坛。

10 点：读书 /iPad 打麻将 / 去小区超市购物。

12 点：按时吃午餐。午餐吃得比较多，为了赶在 12 点开始吃饭，需要提前准备。

13 点：看电视。主要看新闻、《彻子的房间》、美食节目。

14 点：午睡一两个小时。

16 点：阅读或看 YouTube。经常看的有：濑户内寂听 [1] 大师、演员美轮明宏 [2] 和西蒙·考威尔 [3] 的视频，以及介绍房间的视频。此外，我还会做一做针线活，缝一些杯垫、口罩。

18 点半：晚饭主要吃一些做起来方便的，或是提前做

---

1 濑户内寂听：日本女性小说家、僧人。
2 美轮明宏：日本演员、歌手。
3 西蒙·考威尔：英国音乐制作人。

老式盥洗室。上方是窗帘架。洗衣机上罩了一层布。

好的，因此准备起来不费事。收拾碗筷后，看提前录好的节目或外国电视剧。有时也会做做针线活儿。

21 点：洗澡，准备睡觉（临睡前，喝柠檬醋，清理厨房排水渠）。

22 点：上床，看书一小时并酝酿睡意。无法入眠时，吃半片安眠药可在 11 点左右入睡。晚上需要去一次厕所。有时没了睡意，则会看书到凌晨 5 点，然后直接起床。我有午睡的习惯，因此大体上还是保证了每天八小时的睡眠时间。

外出当天，我会在完成每日早上需做之事后，9 点左右开始准备出门。我每周需要外出一两次，除了去眼科、牙科就诊，还要参加学习班与兴趣组。除此之外，同上文所述，大多数时间都在家。

EPISODE 2

6 点开始晨练，广播体操与散步坚持了十五年

我每一天的早上，都是从做广播体操开始的。

小区内有一个广场，老年人会聚集在那里做广播体操。
我坚持了十五年。

领操的人会在每天早上 6 点半，播放 NHK[1] 的广播体操
节目。来做操的不只有我们小区的人，还有其他住在附近的
人，加起来约有八十人。大部分都是 70 多岁，80 多岁的算
上我大概是十人。

广播体操全年无休，下雨天便挪到屋檐下进行，元旦当

---

1 NHK：指日本的公共放送协会，是日本的公共媒体机构。

玄关处放了把小折叠椅，方便穿鞋时使用。我出门做广播体操会戴上帽子，用以防寒防晒。

不逞强不冒进，按照自己节奏
保持身体健康，享受美好生活

天还能喝到甜酒。我一般会在周日与元旦，以及下雨天休息，除此之外每天都去。在生活上，广播体操无疑是一个很好的领跑者，带领我开启新的一天。

做体操的位置基本没什么变动，所以我对一些人也眼熟了。早上与人打招呼，也会让我精神振奋。一个人住，难免有些日子会沉默度过，所以每天早上能说说话也不错。

"那个人，都休息两三天了吧，是不是生病了啊？"如此，常一起做操还可确认彼此身体是否康健。

我早上6点出门，往往到得比较早。所以在广播体操开始之前，我还会参加一个健康体操。

早上，我在做完两套地方政府组织的体操之后，还要做广播体操的第一、二两段，运动量非常可观。舒展手臂，扭扭身子，身体得到了充分的锻炼。多亏了每天晨练，我才能一直保持身体的柔韧。

广播体操结束后，我还会在附近快走十至十五分钟（尽量选择没有车辆的道路）。有人一起走，则容易开始闲聊，由地方政府组织的健康体操动作简单易学，只需按照自己的节奏，坚持每天早上锻炼。

影响呼吸节奏，所以我选择一个人进行这项运动。注意动作，保持自己的节奏。

过去我要走三十分钟，近来有些吃不消了，便缩短了时间。

以往都是快走，最近也变得无法坚持了。儿子建议我迈大步锻炼，现在我正在尝试这种锻炼方法。

不逞强不冒进，按照自己节奏
保持身体健康，享受美好生活

EPISODE 3

早餐是富含蛋白质的营养满分果昔

走路锻炼回来后，我开启洗衣机，然后准备做早饭。

说是早饭，其实也只是果昔而已，十分简单。丈夫去世前无法进食时，只喝得下孙子推荐的这种果昔。我怕自己缺乏蛋白质，所以也在坚持喝。

果昔配方如下：

·牛奶

·小松菜

·苹果皮

以我喜欢的方式
过余生

图中所示为预备放入搅拌机的食材。早饭只需将所有食材放进搅拌机，很快就能做好，十分省事。

· 芝麻粉

· 豆渣粉

· 蛋白粉

· 亚麻籽油

我自行组合了一些据说对身体好的东西。只需将这些食材放入搅拌机中搅拌大约一分钟即可，十分快捷。

蛋白粉我选择的是香草味的，带着少许甜味。但我觉得甜味有限，于是便依照自己的口味，加一些蜂蜜或是苹果糖，让果昔更易入口。也许有些人想问，果昔里面加了八种食材，会是什么味道？其实也没什么特殊味道，就只是小松菜牛奶果昔的味道而已。

除了果昔，我还会再吃半个苹果和一个水煮鸡蛋。削下来的苹果皮也会放进搅拌机中。

自从食量减少后，我便总是担心自己营养不良。多亏有这个果昔，早饭的营养便足够一日所需了。

早饭喝果昔的同时，还
要吃一个鸡蛋和半个苹
果。果昔的分量很足，
光是喝这个都快饱了。

EPISODE 4

用燕麦粥代替大米饭，无意中听到的养生法，
要马上试一试

早上喝果昔，晚上喝小酒，所以米饭便只有在午饭时吃。

最近，我把平时吃的大米换成了燕麦。

就在我为便秘而苦恼时，偶然间在电视里看到了一个节目在推荐燕麦。燕麦富含膳食纤维，可以有效缓解便秘。当我看到这里时，便心动不已，旋即决定将午饭的大米替换为燕麦。

在杯中放入 30 克燕麦与 50 毫升水，放入微波炉中，600 瓦无保鲜膜覆盖加热一分半钟。过程简单，燕麦口感似

燕麦由燕麦米加工而成。煮成粥状似米粥，却还带着点颗粒感。

粥般绵软，十分适合老年人食用。

以往吃米饭后总觉得有些积食，自从改吃燕麦后就没了这种烦恼。不仅如此，便秘的问题也解决了。

燕麦几乎没有什么味道，所以可以像吃饭一样配着菜吃。我虽很喜食米饭，平时却不怎么吃，只有儿子们来了才一起吃一吃。

从电视、书本以及杂志上听到、看到的健康窍门，我会立即尝试。

这种坚果也是在电视里看到的。买的大包装，封入玻璃瓶中当零食吃。

柠檬醋。我平时把它放进牛奶里喝。一颗柠檬差不多可以撑一个月。

我虽对一些保健食品没什么兴趣，但若是一些在超市就能买到的食材的话，我会先买来试试效果。

烹饪研究员村上祥子老师在其著书《不努力的厨房》中提出，"柠檬醋"具有降血压、活化大脑的功效。

之前我便有些在意自己的血压，又想着柠檬醋还能预防阿尔茨海默病，于是马上开始用了起来。

柠檬中加入醋与冰糖，静置一天即可饮用。我每晚睡前喝一杯加了两勺柠檬醋的牛奶。柠檬醋牛奶略浓稠，味道像带了点甜味的乳酸饮料。或许是我同时也在吃药的原因，总之目前血压平稳。柠檬醋牛奶很好喝，感觉脸上的斑也变淡了，所以现在也还在坚持喝。

虽说新的健康窍门层出不穷，但我只要看到觉得有效的健康窍门，便会积极尝试。不过，这也是基于过去的经验，我知道有些窍门、方法用久了就没什么效果了。

我曾经为了解决便秘问题，一直在喝芦荟醋。大概喝了一年，便不怎么起作用了。就在那时，我知道了燕麦，于是马上试了试，便秘问题就又得到了改善。

我觉得时时刻刻开着"雷达"，逐一确认新的消息、情报也十分有趣。也许这样还能预防阿尔茨海默病。

EPISODE 5

住在四楼，公寓没有电梯，
上下楼也是锻炼身体

我家住在四楼，上下楼需要走楼梯。公寓很老旧，原本就没有电梯。

孩子们建议我搬去低楼层的空房间，这样上下楼方便些。而我觉得搬家太麻烦了，同时也舍不得自己亲手布置的这个房间。

上楼下楼了几十年，身体早已适应八层楼的高度。即便是没有外出安排的日子，我一天也要爬上爬下两三次。早上要去做广播体操，偶尔还要去小区超市购物或打理花坛之类

公寓外部楼梯。我上楼梯时会握紧扶手。平时选择斜挎包或双肩背包，释放双手以防万一。

的。我一点也不觉得辛苦，甚至现在还能跑着下楼梯。

我也就是在早上做做体操，除此之外没什么运动习惯。所以，上下楼梯于我而言不失为一项很好的运动。

值得庆幸的是，我的骨密度至今没什么问题。这也许得益于我小时候住在坡坡坎坎较多的长崎。学校在山坡上，我每天都需要步行去上学。日常走在崎岖的道路上，我的腿脚得到了很好的锻炼。

不过，我还是很怕摔倒，所以走路都是挺直腰杆缓步行走。前阵子，我在去做广播体操的路上，不小心踩在了坑洼处摔了一跤。之前从来没这样摔过，不禁感叹自己老了。

去购物时，我会选择背包或斜挎包，尽量避免用手拿东西。需要购买一些很重的物品时，我不会强撑着一个人去买，而是等到周末儿子们来的时候和他们一起去。

幸而，体检没检查出什么大问题。不过医生还是叮嘱我要注意高血脂、高血压。我现在吃的药是治疗高血压最保守的药，血压始终保持在高压 130 毫米汞柱，低压 75 毫米汞柱的水平。

　　从前，我的血压一直很正常，可是一过 80 岁的坎，便突然涨到高压 140 毫米汞柱, 低压 80 毫米汞柱。之前便听说，人老了血压会上升。我虽心存侥幸觉得还不用吃药，但还是谨遵医嘱，随身带着降压药以防万一。

不逞强不冒进，按照自己节奏
保持身体健康，享受美好生活

EPISODE 6

唱歌有益身心健康

我参加了市民中心的歌唱教室，就是学生们一起唱一个声部的那种教室。我们既不需要像排练合唱一样去练习和声，也不需要参加任何的演奏表演，可以没有负担尽情地享受唱歌的乐趣。

我很喜欢唱歌，不过一开始既不会认乐谱，也不会正确发声。幸而有老师的教导，我在练习了一段时间后，终于发出了正确的声音。

在这个教室里，由老师进行选曲，三个月学十首歌曲。其中包括童谣、歌谣曲、古典和爵士等音乐类型。学生也可

"第九歌唱会"中用过的乐谱。用红铅笔画出来的那一段就是我要唱的那一段。我唱的部分是英文。那时候，我们还在座位上贴了名帖，并根据不同的唱段分别就座。

以点一些自己想唱的曲子。"唱童谣的时候，不要和小孩子一样，我们要按照成年人的感觉来唱"，老师给我们的指点总是恰到好处。

曲子除了日语还有英语和法语的，不过老师会帮我们给歌词标好音标。这个音乐教室让我们齐聚一堂，共同感受音乐的魅力。

学生总数约有二十人，其中有一位是男性。新冠疫情前每个月开两次，疫情后停了一阵子，直到最近才恢复，现在是一个月开一次。

此外，我还参加了另一个唱歌组织——第九歌唱会。

这是一个业余合唱团，年末会与交响乐队一起在舞台上表演贝多芬的《第九交响曲》。

72岁那年，我在本地的宣传册上看到了这个合唱团招募团员的信息，于是便报了名。可是，第一次去参加练习时才发现，歌词竟是德语，我一点都不会。我一边心里觉得这里不该是我来的地方，一边又心疼付了半年8000日元[1]的会费，觉得不来有些亏。我想着只参加练习，不参加正式表演就好，便决定先坚持个半年再说。

说是舞台上不能拿乐谱，需要把歌词背下来，我便把歌词抄在了一张大大的纸上，贴在了家里的墙上。我每天看着墙上的歌词拼命背诵练习，没想到之后竟然真的会唱了。

后来，我竟真的站在了舞台上，当时的激动之情难以言表。自那时起，我便一直坚持唱歌，今年是第十四年。

---

1 8000日元：约合400元人民币。

受新冠疫情的影响，这两年我们没有组织练习，也没有登台表演的机会。由于歌词毕竟是德语，不唱很容易忘掉，所以近来我会在看 YouTube 的时候，偶尔唱唱歌，以防自己真的忘掉歌词。

我参加的两个歌唱活动都会教我如何发声与如何呼吸，以至于我发出的声音越来越好。

听说，唱歌在保持肺部健康的同时，还能锻炼到喉部肌肉，可以防止噎食。另外，背歌词还可以预防阿尔茨海默病。不过比起这些，我认为唱歌更能排忧解闷、消解压力。

我在这两种不同的歌唱活动中，体会到了截然不同的快乐。在大家一起唱歌的教室里，我感受到的是唱歌本身的乐趣；而在第九歌唱会中，我感受到的则是学会了高难度歌曲的成就感。因此，这两个活动我都打算坚持下去。

随时记随手写，免得忘记

人上了年纪，便容易忘事，所以我养成了随时记随手写的习惯。

去购物时，我一定会列一份购物清单。虽然小区里的超市离得不远，但忘记要买什么，还是很麻烦。我需要再回一趟家，爬上四楼再下来。如果按照家中现有的物资制定好购物清单，就不会购入其他多余的东西。

我去参加学习班及兴趣组时，需要从小区乘坐巴士前往。由于我总是忘记巴士的时间，我便写下巴士的时间表，贴在自己经常能看到的位置。

贴在冰箱门上的日历是我亲手做的。

学习班之类的日程，就记在这里。

画信日历，我一年做一次，将画贴在衬纸上进行彩印制作而成。

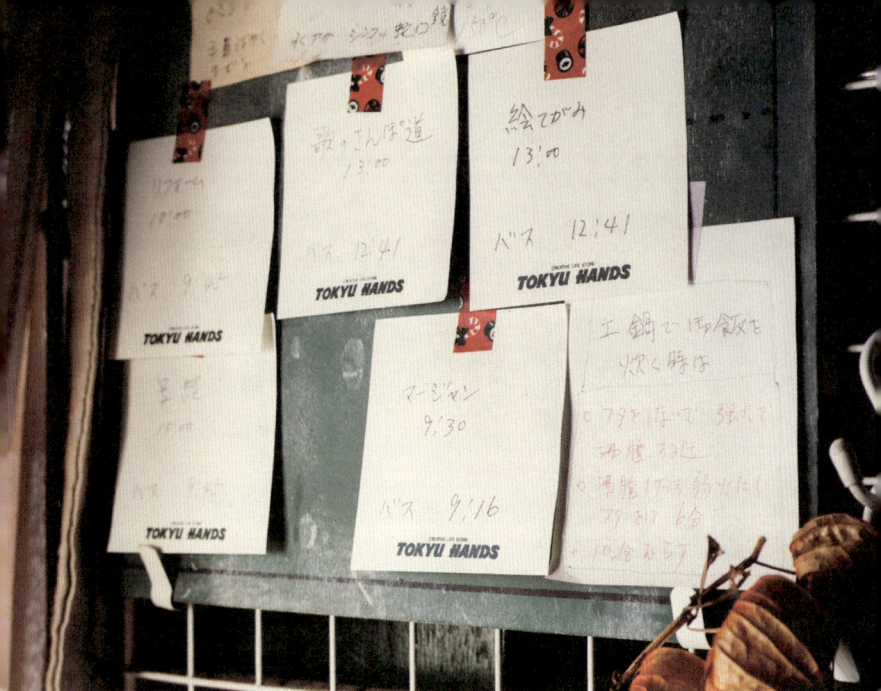

厨房角落里挂了一个板子，我会在上面贴一些便笺。有的写着巴士的时间，有的是做菜时的一点点心得。

以我喜欢的方式
过余生

我平时参加的活动很多。不同的活动开始的时间也各不相同。为了避免迟到，针对每个活动我都查询了对应的巴士时间。例如：写经是 10 点开始，对应需要乘坐的巴士为 9 点 45 分那班；画信从 13 点开始，对应的巴士是 12 点 41 分的。如此，每次参加活动我无须再重新查找巴士时间，也就免去了迟到的可能。

冰箱门上贴着每月的手工日历。每个月的学习班与兴趣组的时间安排几乎固定，类似某某活动在每月的第三周星期二的固定时间展开。虽然脑子也记得这些事，但还是写在日历上更保险、更放心一些。

此外，我还会在日历上写下其他日程安排，如提前预约好去医院的日子、保洁上门服务的日子以及孩子们来看我的日子等。这个位置最为醒目，能够提醒我不要忘记一些事项。每月月末，我制作下一个月的日历后就写下下个月的安排，这样还能加深记忆。

说起我家冰箱，为了避免浪费食材，我在冷冻室里放了

```
220   14.130    760   14.890    1500   16.390
620    8.390    350    8.740     810    9.550
       3.000           3.000   11.000  14.000
           0               0    16.410  16.410
             1.000     5.500            5.500           5.500
       1.840   31.020  1.110   32.130   29.720  61.850
```

スムージー ゆで玉子   スムージー ゆで玉子   スムージー ゆで玉子
                    リンゴ   味噌汁   リンゴ   トマト

　　　　　　　　　　御飯　　　　　　　御飯　　　　　　　　　ピザ
　　　　　　　　　　差込み ハンバーグ　豚肉 シラタキ　　　　パスタ ラザニア
　　　　　　　　　　味噌汁　　　　　　スキヤキ風　　　　　　ハーブティ
　　　　　　　　　　高菜漬ケ　　　　　高菜漬ケ

湯豆腐　　　　　　　湯豆腐　　　　　　湯豆腐　　　　　　　湯豆腐
アジ 酢〆　　　　　アジ 酢〆　　　　豚肉　　　　　　　アジ 酢〆
　　　　　　　　　　　　　　　　　　ブロッコリー マヨネーズ

这是家庭收支簿，我会在每日总结栏中写下当天早、中、晚三餐想吃的东西。看来，那周每晚都在吃豆腐锅。

很多食材的边角料。而这时就需要记下都放了些什么。

　　我会在标签贴上写下食材名与日期，贴在保鲜袋上。写下食材名的同时写下日期便可提高食材的利用率，避免遗忘而放着不用。标签贴放在厨房的收纳盒里，方便烹饪时取用。

　　冷藏食物时，我尽量选择透明的容器存放，内里放了什么一目了然。

食量变小了，我有些担心自己营养不足，于是吃了什么也要记下来。

我常年用自制的家庭收支簿，同时也在那个本子里记录平日的饮食。吃饭后，趁还没忘，马上记下来。不过也只是简单记一记，罗列吃的是什么而已。

补充营养无法一蹴而就，需要日积月累。因此，我是以一周为单位，整体来看每周的营养是否充足。我时常翻看记录，复盘近期的饮食情况，并有意识地进行调整与改善。例如，这周蛋白质好像有些不够，就需要多吃鱼和肉来补充。

勤于记录，在很大程度上弥补了我的健忘。

第四章

一个人的妙处，
享受居家时光

EPISODE 1

一直很喜欢琢磨家居装饰，
房间虽小布置却舒心

小的时候，家里人很多，所以我比一般人更加向往独居生活。高中毕业时，与父亲经过一番恳谈后，父亲让我给在大阪开公司的叔叔写了封信。

叔叔回信问我，是否有一技之长？于是我就去上了一年的专门学校，考下了英语与日语的打字员证书。

刚进入公司的第一年，我寄宿在叔叔家。之后，便如愿以偿地开始了独居生活。不过，那时是昭和 30 年代 [1]，不像

1　昭和 30 年代为 1955—1964 年。

柜子的抽屉里收着
一些茶具。盖在电
话上面和垫在下面
的布，均购于京都
的古董市场。

现在有很多独居公寓，所以我那时也只是找了个老房子，租下了其中一个房间。

一楼住着中学老师一家，二楼住着房东奶奶和我。我和房东奶奶共用厕所和厨房，那年头还没有冰箱。房子虽然又小又旧，但我就好像拥有了自己的小城堡一样，十分开心。光是想着怎么装扮自己的卧室，让自己住得更舒适，便兴奋不已。

虽说现在住的公寓也不是很宽敞，但我依然按照自己的想法，将房间布置成了自己喜欢的样子，并且乐在其中。我年轻的时候还喜欢经常改动房间里的布局。

家里的柜子，只需把其中的抽屉腾空，便可以一个人轻松地挪动。所以从前每当我想换换风格的时候，就会趁着孩子们上学不在家的时间，一个人改改房间的布置。可我到了现在这个年纪，实在是一个人挪不动家具了，所以也没有再动过房间的布置。

和碗碟一样，我也很喜欢"和风"的家装风格。我会在古董市场收集一些旧布，盖在电话上用作罩子。别看只是一块布，却可以轻松地改变房间的氛围，实乃布置房间之利器。

不过，我家之前人很多，房屋面积却不大，所以东西多得看起来有些杂乱。丈夫去世后，我趁着整理丈夫的遗物，重新审视了一遍家中物品。

家里收拾得差不多后，我给家里添了一个旧柜子。这是我在家附近非常喜欢的古董店里淘到的。以前我在这家店都是只看不买，直到看到这个柜子，便马上拍板买了下来。

古董家具有它的韵味。直到把这个柜子搬进家里，我才终于完成了我理想中的室内装饰。房屋整体朴素协调，这个旧柜子与这个旧房子十分相配。我居家的时光越发开心舒畅。

当时，跟着我来的大儿子说："妈妈，等你走了，把这个衣柜留给我。"我也希望这个柜子能传给下一代，继续长长久久地用下去。

EPISODE 2

路边的花草虽朴素，却可摘来点缀窗案

我虽爱花，却觉得没必要在店里买。一来价格颇高，二来我更钟情于开在山野之间，旁若无人恣意生长的花草。家里装饰用的花草多为我亲手采摘的。或是采自小区我打理的花坛之中，或是摘于我晨练回家的路上。我还在阳台上种了一些瓜果蔬菜，有时便用蔬菜的叶与花来装饰家里。

我所钟爱的装饰架是一把长椅，我将之置于客厅窗前，其高度恰好与窗台高度相似，整体风格形似飘窗。我钟情飘窗已久，为了满足这个喜好，我找了许久高度合适的装饰架，最终比较合适的便是这把长椅。

用小瓶子装些花草，点缀些许绿色，便可成为房屋装饰的点睛之笔。我爱放几个小瓶子当花瓶，多为一些用完的调料瓶和果酱瓶。

佛龛上也少不了以花朵点缀，日日换水。供在佛龛的鲜花来自我平时打理的花坛，故同样无须额外购买佛花。除此之外，我家房间里很多角落都零星点缀着鲜花，比如卫生间里就是在水池的上方。

我得到了许可，公寓后方的花坛目前划给我作为专属花坛。没有外出安排的日子，我经常上午去打理花坛。拔拔野草，播播种，像这样经常接触泥土与绿色可以让我感到放松。

带去花坛的一些工具——铲子、肥料和垃圾袋等，我会统一放入一个篮子里。这样把工具收好便能避免丢三落四。与工具篮一起带去的是一把小椅子。之前我觉得蹲着打理花坛很辛苦，后来便带上了这把椅子。

按季节种一些花的同时，我也种了些罗勒之类的香草，以便做菜时使用。

我将窗户改为飘窗，在其上点缀鲜花。比起在大花瓶里插很多花，我更喜欢摆上几个小瓶子随意插上一些。如图，主要插一些野草。

我在卫生间里也放了鲜花，做装饰之用。图中为在花坛里培育的千日红。

公寓后方的花坛。只要坐在椅子上，我便打理一小时也不会累。装着肥料的这个竹筐，是我五十多年前买的。经过岁月的打磨，如今成了琥珀色的。

我多年绘制画信，十分重视季节感。因为作画时需要参照鲜花、蔬菜和水果等实物，所以我养成了观察周围事物的习惯，如花坛与路边盛开的鲜花以及四季轮转下树叶的颜色。

只要多观察自然，敏锐地捕捉到自然的变化，生活便会变得更加绚烂多彩。

EPISODE 3

书可解无聊，亦能打发时间

我从小便喜欢看书，一直是一个推理迷，几乎翻遍了阿加莎·克里斯蒂的波洛系列小说。我喜欢的另一位英国作家是迪克·弗朗西斯，他曾担任伊丽莎白女王的御用骑师，我十分迷恋他笔下小说的主角。

只要有书，便可打发无聊且漫长的时间。即便是受到疫情影响，居家隔离无法外出的日子也不觉得难过。睡前床上的阅读时间可谓人生最惬意之时。

市面上的推理小说我几乎看了个遍。一起写经的朋友也不乏喜好读书之人。他们会到旧书店里淘换些文库本[1]来看，

_____
1 文库本：日本 A6 尺寸的平装书。

卧室门口的书架，由丈夫亲手制作。现今，我手上有的主要是一些有关烹饪与生活方式的书或杂志，我经常反复翻看。

**以我喜欢的方式
过余生**

收到的书我会放入壁橱中，一本一本地看，待看完后，则会传给下一个人。

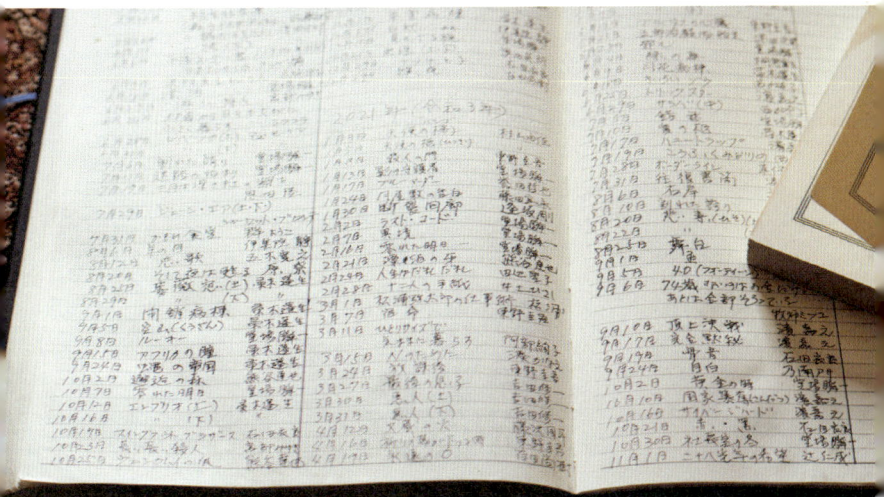

我的读书记录。我只会记下读完的日期、书名、作者名。一个月能看完
六七本，大多是小说。

等到看完之后，塞成满满一纸袋传阅下去，有时便会传到我这里。对此，我十分感激，看这些书也从不挑挑拣拣。

这些书均为他人所选，所以能看到很多之前没看过的作家的作品，这令我甚是喜悦。借此机会，我也喜欢上了一些其他作家，如堂场瞬一和石田衣良等。

将这袋子书给我的人说，都是 100 日元[1] 一本买的，看完可以扔掉。不过，我看完这些书却没有扔，而是连同纸袋子一起传给了一位一起做广播体操的人。那个人也对我说过，找到了这些书的下家，看来这些书传得很好。

偶尔有一些想看的书，会去图书馆借来看，想留下来的书也会去书店购买。每个月要读六七本书。

因为怕自己看完就忘，所以看完一本书之后，我会写下读书记录，写下当天的日期、书名及作者，不过读后感是不会写的。偶尔，看到一本书觉得这本书看过，便会去查一查读书记录。有时会发现，之前真的读过这本书，不过我还是

1　100 日元：约合 5 元人民币。

会继续读完，感谢再次与这本书相遇。

我也喜爱杂志，有时在书店中看到觉得很好的杂志便会买回来。孩子们还小的时候，我几乎不外出，书便是我的朋友。那时，我会定期购买杂志《生活手帖》[1]。现在经常购买的杂志有《生活手帖》《Ku：nel》[2]《天然生活》[3]等。

我常参考一些杂志上的内容，主要是一些配图好看的室内装饰和烹饪方面的内容。我很喜欢设计师岛田顺子的生活方式与品位，所以有时也会购买与她相关的杂志。

除此之外，我还很喜爱与美食相关的书籍。虽然不会按照菜谱上讲的去做，但还是汲取了书中菜谱的核心精髓。

我是料理研究家有元叶子的粉丝，她对碗碟器皿的审美与装盘方式，让我获益良多。我也非常喜欢向田邦子这个作者。她的小说我基本都读过，除此之外，我还很喜欢她写的

---

1 《生活手帖》：日本面向家庭的综合生活杂志。

2 《Ku：nel》：面向 50 岁以上女性的生活杂志。

3 《天然生活》：一本宣传享受简单生活的杂志。

一本美食烹饪书——《向田邦子私家菜》（讲谈社）。现在这本书就放在我的书架上，我时不时便会拿出来看看。

之前，我家附近的地铁站里有一家书店，可如今已关门停业。以往，每次去百货商店买东西，途经地铁站时，我都要去逛逛书店。一般是趁手上东西还不多的时候去书店，之后再去百货商店地下层买东西。在书店的时间总是过得很快。

不过，长时间看书，也会导致眼睛疲劳。眼科医生给我开了眼药水，防止眼睛干涩。医生建议我看书的时候多滴一些，我便照做。在看书间隙滴一些，大大地缓解了我的眼部疲劳。

EPISODE 4

缝杯垫、缝口罩，喜欢缝一些小物件

我从小就喜好缝制一些东西，不过不善使用缝纫机，所以无论缝什么都是靠手工。

出于喜好，我在屋内挂了很多手工莫拉。这是源于南美洲巴拿马圣布拉斯列岛的原住民——古纳族的一种手工艺。莫拉刺绣以鲜明的色彩与质朴的设计著称。先将各种颜色的布料叠放，再依照图案依次进行裁剪缝制，露出下层布料的颜色。

有一年，我去参加大儿子的高中家长会，看到同年级的一位妈妈携带了一个十分漂亮的莫拉包。于是，我便对莫拉

我的莫拉作品几乎都送人了，如今还剩下的不过寥寥几幅，挂在墙上观赏。

我家玄关处也挂着
莫拉，中间的瓶子
产自墨西哥。

**以我喜欢的方式
过余生**

装着线的圆形收纳盒是我亲手做的。我喜欢搭配各种颜色的布与线制作杯垫。

手工口罩。制作十分简单，用牛奶盒子制成口罩纸模，沿着纸模裁剪布料后，缝好边即可。

一见钟情。因这位女性并没有开设相关的课程，于是特例允许我跟着她学习一年。

之后，由于孩子要高考，就暂时搁置了。待到几年后，老师再次联系我，说这次要正式开班授课了。于是，我便再次开始学习莫拉。老师于 70 岁之时离世，莫拉教室也随之关闭，我学了这么多年，也做出了不少作品。

那年，我刚好 60 岁，觉得做得足够多了，便决定以后不再制作莫拉。我将大部分莫拉作品送给了姐姐、妹妹以及侄女们，如今留在身边的只有装饰在房间里的这些。虽已近三十年，我却毫不腻烦。

现在我常做的是杯垫。以往剩下些不舍得扔的碎布头，如今废物利用，拿来做一些小物件。

一开始，我做的主要是一些隔热垫布，方便拿取锅具。有一天，侄女送了我杯垫，说外面有这种好看的杯垫在卖。这便是我现在做杯垫的灵感来源。

拼接四五种布头做外层，内衬则不做拼接。比照约 12 厘米长的正方形手工纸模进行布料裁剪。之后只需用刺子绣线[1]一针一针缝制即可，杯垫的边缘无须收边处理。布与线的颜色搭配十分美观。

杯垫不仅能垫在茶杯下，还能垫在花瓶下，营造出更有情调的氛围。我所钟爱的野花野草与这朴素的杯垫十分相配，两者相得益彰。

新冠疫情暴发后，我便开始制作手工口罩。

有的口罩是家中用旧了的手巾、手绢二次改造而成的。有的则与杯垫一样，用家中剩下的碎布头组合而成。我有时还会去附近的旧货商店买一些便宜的碎布回来。

使一些本该被舍弃的碎布重新派上用场，焕发新生，也是我的乐趣之一。无论是做杯垫还是做口罩，"做了能用"本身便很有意义。

针线手工活主要在晚饭后进行。我一边看电视一边做约

1　刺子绣线：棉线，通常为白色，可用于纳鞋底。纳成的厚布耐磨，可制成柔道服。

两小时，一针一线缝缝补补十分治愈。只要动手，便能切切实实地做出成品，这点令人十分愉悦。没有工期催促，慢慢缝，只需享受过程。

**以我喜欢的方式
过余生**

EPISODE 5

智能电视——购之我幸，
积极尝试方便的电子产品

　　新冠疫情肆虐时，我收到了 10 万日元[1]的补助金。大儿子比较了解电子产品，给了我一些建议。"之后居家的时间会更多，还是买个智能电视吧。"

　　一开始我有些犹豫，家里之前的电视虽然旧了些，却没坏，还能继续使用。后来，我听了产品功能介绍，才明白原来智能电视操作简单，十分方便老年人使用。于是，我的想法便发生了转变，觉得钱一直存着，经济就运转不起来了，

1　10 万日元：约合 5000 元人民币。

智能电视，通过对遥控器说话可实现搜索YouTube视频的功能。

此处还是能用便用的好。

所谓智能电视，便是可以连接网络的电视，可以轻松实现在电视上观看 YouTube 视频等功能。

具备语音输入功能的电视，只需对着遥控器说话便可实现操作。

自己上手操作很难，但若只是语音输入的话便很简单。我让大儿子帮我设置好了智能电视，然后向孙子请教了怎么看 YouTube 视频。

这款电视具备录制电视节目的功能，十分方便，所以我开始重温一些过去喜欢的老电影。

自年轻时起，我便十分喜欢美国女演员凯瑟琳·赫本。虽然之前就看过她所主演的电影《夏日时光》，不过如今反复观看仍觉十分经典。

其他还看了《龙凤配》《蝴蝶梦1940》《悲惨世界》，以及大侦探波洛系列和神探可伦坡系列，等等。

我非常喜欢NHK播放的《小小安妮》《令人心动的爱好》[1]《NHK世界城镇漫步》等节目，每集我都会录下来。

我本来就很喜欢一个人宅在家里，自从有了这台电视，我宅家独处的时间变得更加有趣了。

除此之外，自七八年前起我便是iPad用户。当时是大儿子推荐我买一个，说iPad比手机的屏幕大，还能拍照。大约在三年前，我又新买了一台，现在这台算第二台了。

1　《令人心动的爱好》：　为日本NHK拍摄的一组纪录片，内容涉及马拉松、登山、茶道等多个领域，由该领域的领军人物担任讲师。

我常年使用iPad。触屏操作，十分便捷。现在的型号机身轻薄，方便手持操作。

一些花草与风景照，以及家人的照片，我会用 iPad 来拍摄并保存。这样一来，既可免去管理实体照片的麻烦，又方便随时查看。

我长期使用，早已习惯其用法。iPad 屏幕很大，十分好用，我还经常在 iPad 上玩麻将。

最近，我还在用 iPad 和二儿子父子俩一起"云"吃晚饭。

晚上 6 点半，他们会打视频电话过来。我们透过屏幕看着彼此，一起"云"聚餐。

二儿子担心我一个人生活，便提议一起"云"吃饭。恰好我也有些挂念他们父子俩的生活，于是一拍即合。

其实，连视频的时候我们也不会特意聊很多。只是透过屏幕看到二人的面庞，觉得他们今天精神不错，我便能放下心来。视频的时候，他们经常忽略我，有时自顾自地沉迷电视里的棒球转播，有时甚至直接看不到人，只能听到二儿子说"你先去洗澡"……虽然这二人都是把我晾在一边，各自做各自的事，但我却觉得这样便好。

之前只觉得便捷的电子产品是年轻人的专属，现在已经明白了这类产品对老年人也大有裨益。生活啊，真是越来越方便了。

不过，话虽然这么说，我却不用智能手机。虽然有，但是用得不是很好。不过，在智能手机问世前，我就是个出门不带手机也不爱用手机的人，平时打电话都是用固定电话。真可谓，手机很便携而我却不携。

EPISODE 6

年纪再大也要保持好美之心——80 岁打了耳洞

我受姐姐的影响，自年轻时起便十分喜欢打扮自己。

80 岁那年，我打了耳洞。常言道"耳洞开，命格改"，而我打耳洞其实并没有什么深意。以前，我必须在耳上戴耳夹。我觉得，若是不戴上耳夹，全身的搭配就不完整。不过，耳夹很容易丢失，这让我发愁不已。

一个偶然的机会，我把我的烦恼说给了学习班里一个年纪比我小的朋友。她听了之后，建议我打耳洞。她自己就是打了耳洞并常年佩戴耳环的。她还给我介绍了一家打耳洞的医院，于是我便下定决心去打耳洞。

耳环不同于耳夹，没有金属夹，看起来干练不少，我觉得很好。蜻蛉玉（起源于室町时代的琉璃）的珠串个性鲜明，我十分喜爱。

不过，这种耳饰同样容易挂在衣服上，也比我想象中更容易掉。于是，我便向朋友询问有没有不容易挂在衣服上的款式。朋友听闻此言，便给我介绍了一些。

自从那时起，我开始戴耳环。无论是睡觉还是洗澡时，都不摘下来。一整天都不摘，也就没了丢失的风险。我只有在去美容院时才会摘下来，而我平均四十天才去一次美容院烫头发。

生前整理后，我家里的碗碟器皿少了不少，不过衣服却没怎么减少。一件喜欢的衣服我会穿很久。

我在莫拉教室里认识的一位朋友酷爱自制衣服。在一些手工相关的学习班里，有很多人喜欢制作日常所用之物，以此来享受手工的乐趣。

那位朋友给我做的衣服，直到今天我也时常穿着，十分喜爱。我喜欢靛蓝色的绊织（kasuri）[1]，看到了好的布料便会买下来交给她，之后那块布料在她手中就会变成一件漂亮

----

1 绊织（kasuri）：日本传统布料名称，多为带碎白点花纹的蓝色布。

的衣服。

全世界独一无二，原创设计裁剪，越穿越合身，缓慢褪色也是这件衣服独有的魅力。想必，今后我也会继续珍惜地穿这件衣服。

我常去的老年人公社里，开了个旧衣改造的教室，我也报名了。我会在附近的旧货商店淘一些均价 100～200 日元[1] 的旧衣服，再将这些衣服改成连衣裙、女士套装、半身裙等。我不会用缝纫机，所以都是手工缝制的。

虽然手艺和给我制作衣服的那位朋友相比相差甚远，却也有一种成就感——这衣服是我自己做的。

受新冠疫情的影响，之前不太能出门。而近期，慢慢地可以外出吃饭了。这种时候，我会比平时更加用心地打扮一番，穿上喜欢的衣服，戴上项链出门。

果然，打扮一番，人的心情也会变好。

1　100～200 日元：约合 5～10 元人民币。

我在旧衣改造教室中制作的衣服。其实我几乎没怎么
穿过，单纯享受制作衣服的过程。

这是我五六十岁的时候，在
针织教室里制作的衣服。挂
在右边的套装我在儿子的结
婚典礼上穿过。

**以我喜欢的方式
过余生**

部分朋友给我制作的衣服。左边与中间的服装，我会平时下身搭配针织，配上腰带进行穿着。右边的这套则是去看落语[1]时穿的。

我家面积不大，没有单独的梳妆台。一些护肤品与化妆工具收在这个盒子里，平时放在走廊，用的时候连盒子一起拿出来使用。

1　落语：起源于三百多年前的江户时代，其表演形式和内容与中国传统的单口相声相似。

EPISODE 7

忆"往昔"之乐趣，坚持写"十年日记"

大约是从三十多年前起，我开始记"十年日记"。倒也不是要记一些自己的内心独白，只是想将一些见闻记录下来。之后在书店中找到的便是现在这本日记本。三行为一天，一列可以记录下前后十年的同一天。我一直用这款笔记本，如今已是第三本了。

记日记一般是晚饭后进行，每天只需五分钟。"那件事是什么时候的事来着？""这时候发生过这种事情啊！"如此，时而翻看以往的日记，陷入怀念与追思。我还在这本日记的空白处留下了读书记录。

以我喜欢的方式
过余生

最近，我开始重看以前的日记。很好玩，所以看着看着便忘记了时间，一个不留神就错过了睡觉的时间。每一天的记录乍看之下只是平平无奇，不过恰恰是这样才有趣。

到了我这个年纪，回顾一下这辈子走过来的路，感觉也不错，庆幸这么多年记了日记。"这一天是见了××人啊""话说回来，我好像去了××地方。在那家店吃了……"像这样顺着自己的记忆去回想，也能锻炼大脑。

另外，我还有一本"记录手册"，我会把从各处剪切下来的材料粘贴在这本手册上。主要是一些旅行时收到的宣传册，美术馆、电影院的门票，车票、飞机票，以及一些好吃的饭店的卡片等。

制作过程十分简单，只需贴在手册上即可。就这样我才坚持了十年，总计攒了三本。贴上素材之后，我还会记下什么时候、和谁一起去的，待后来翻看时，便能想起当时的场景。

若只是单纯地积攒此类纸片，则可能会丢得哪里都是，所以将它们放在一个手册里十分方便。

我的第三本"十年日记"。有些想记下来的事便会写得长一些，不过有的时候只是记上当天的天气，如"今天天晴""满月很漂亮"等。日记上我不会写一些"累了"之类的消极句子。

我用作"记录手册"的本子。本子上贴了很多东西，多为我去过的地方，别人送的或是我拿到的东西，其中也有餐厅的一次性筷子包装袋。回看这些东西十分有趣。

之前我的相册里有很多照片。整理过后只剩下放在盒子里的这几张。最中间的是孙子在七五三节时拍下的照片。这孩子现在在帮我拍YouTube视频。

　　之前，照片都是贴在相册里的，丈夫去世后，收拾整理时，我决定将相册全部扔掉。这个工作需要将照片一张一张地从相册中撕下来，再一个个分成要或不要的。

　　我减少照片主要遵循以下几个原则：同一张照片只留一张；扔掉只有风景没有人的照片；扔掉表情奇怪不太好看的照片。第一次整理的时候，没扔掉多少，所以我重新

　以我喜欢的方式
过余生

整理了很多次。

最终，剩下的照片只够填满一个鞋盒。这时，我觉得差不多了，便没有继续扔。这个量，十分方便保存。想看照片时，只需将盒子拿出来即可。

现在的照片多是用 iPad 拍的，因此都保存在 iPad 里。不占地方，随时可看，十分便捷。

**以我喜欢的方式
过余生**

第五章

不即不离，享受与人打交道的乐趣

EPISODE 1

不深交，见了面快乐就好

我从小就有些内向。常常藏在母亲的身后，也不爱和人打招呼。平时不爱说话，就连在家中也不怎么和姐姐们聊天。

上了初中后，有同学主动找我说话，这样我才慢慢交到了一些朋友。工作之后，我便无法继续保持少言寡语的习惯，只能慢慢锻炼，做到沟通上没什么障碍。如今的我，依然怕生，虽也能在一群人之中侃侃而谈，但却从不主动抛出话题，多数情况下都是充当一名听众。

不过，我很喜欢与人交往，也很珍惜身边的朋友，经常

以我喜欢的方式
过余生

去参加学习班与兴趣组，自认为朋友还算比较多，只是多为泛泛之交。

没有人能够始终陪伴在我左右，你我皆为彼此人生中的过客。我只求我们一起度过的时间是快乐的。待散场回家后，我会继续享受独处的时光。我通常都是一个人单独行动，所以有个这样与人交流的空间，觉得刚刚好。

我希望人与人之间有些边界感。我不会主动踏进别人的世界，同时也希望自己的世界不被他人打扰。长久保持彼此舒适的关系，秘诀就在于不要过多地干扰别人的生活。

我不常与人私下来往，多是在学习班等地与一群人一起玩。学习班里我交了许多与我合得来的朋友，但这仅限于我喜欢的事情与地方。受他人邀请，如果自己明明没什么兴趣却依旧去赴约，有时便会觉得自己格格不入。

这也许就是，酒逢知己千杯少。人们在面对真正喜欢的事物时，与情投意合之人才能畅聊。

喜欢倾听，无关年龄，众人皆为我师

我不善提出话题，多数时间是一个倾听者。不过这也有一部分是因为我很喜欢听别人说话。

我大多数时间都是一个人，所以于我而言，有人的地方几乎等同于一个情报站。一直以来，我听到的很多消息皆源于此。

"众人皆为我师"，达者为师与其年龄无关。到了我这个年纪，和我岁数差不多的人越来越少了。所以，现在与我要好的人多与我妹妹年纪相仿，比我小 8 岁。虽说比我小，但她们却十分可靠，我经常能从她们身上学到不少东西。因

朋友给我推荐的木板。朴素低调的深褐色更能衬托碗碟器皿。

此，我又岂会摆出一副过来人的架子？

前阵子，发生了这样一件事。有段时间，我的脚趾食指指甲长势有些怪异，不是向前而是向上凸起。恰巧我在和学习班的朋友打电话时，说到了这件事。朋友一听，便告诉我这是长了脚癣，最好去一趟皮肤科。

我所了解的健康信息，大多来源于我的交际圈，通过口口相传而来。听人说什么东西好，我便会马上尝试。只要觉得好，我便会马上"跟风"。

如今，家中餐桌上用作餐具垫的木板便是我"跟风"跟来的。有一次，我在朋友家做客，看到朋友家用的这个木板甚是喜欢。我向朋友打听了在哪里买，便马上买了回来。如今，这个木板已经是我家不可或缺的重要工具。看到我家的这种木板，两个儿子和妹妹也说想要，我便又给家里人都买了一套。

年轻人身上有一种年轻人独有的感性，我从中获益良多。有时，能听到年纪比我小的人夸我年轻。每当这时，我总会回道："这是因为你们对我好、带我玩啊，所以我心态年轻。"

上高中的孙子也是我的老师。有时，我们俩也会因为意见不合而吵架，但平时有什么不懂的都是他教我。无论是怎么玩 YouTube，还是当下流行的新鲜事。虽然我们俩相差 70 多岁，但我并没有把他当作小孩，而是把他当作一个平等的人看待。

EPISODE 3

想去便去，哪怕孤身一人，无须等待邀约

虽然，很多情况下我都是一个倾听者，但一说起出去玩，我又总是积极发起邀约的那个人。我通常都是自己到处走，所以也不会等着别人来邀请我。

学一些东西也是，只要是我想去，便会立即行动起来。我在市民中心举办的作品展中看到画信作品，十分喜欢，便马上记下了负责人的联系方式。当天晚上我便打了电话，定下了去参观课堂的日子。这便是我开始学习画信的契机。

我是一个"行动派"，喜欢趁热打铁，会先打电话再说，总之先行动起来。

那个老年人互相交流的写经教室，也是我想做便马上拜托老师组的。之后，人渐渐多了起来，现如今这个班里没有老师授课，只有我们学生自顾自地乐在其中。

我想出去旅游时，会问周围的人要不要一起去。有人想去，我便会邀其一起去。令我意想不到的是，原来大家都在等着别人邀请自己。

50多岁的时候，我经常邀请朋友休息日一起出去一日游。我们用的是青春车票[1]，到过的最远的地方是长野县。一日游还是有很多人参加的，毕竟就算家中离不开人，无法在外住宿，也可以当日往返。

送别丈夫的一周后，我便踏上了旅途。为纪念自己80岁生日，一个人报了去英国科茨沃尔德的旅行团。

我在本地的报纸上找到了旅行社的联系方式，随即打了电话过去，预约了说明会的时间。无论是作家石黑一雄的小说里，抑或是作家井形庆子的随笔中，皆描绘了英国乡村的

1　青春车票：日本 JR 公司发行的乘车券，可多人使用或一人多次使用。

这是旅行团在英国科茨沃尔德的合照。从后面左边开始，第三个人是我。古老的街道铺陈开来，美不胜收。

生活。每每读到相关情节，我便心向往之，想着有机会一定要去看看。

说明会上说，这个团人不多，要参观当地的乡村。我一听，这个团正符合我的心意。考虑到我这个年纪，恐怕今后再难去国外旅游，所以想着把这次旅游当作人生的最后一次远行，不知不觉间情绪就高涨了起来。

我也问过一众亲戚朋友，没有找到与我同去之人，无奈之下干脆自己报了名。

后来发现，同一个团里也有自己一个人来的，我们便同住一个房间，后来也逐渐熟络起来。

我从不会因无人相伴便不去做自己感兴趣的事。先参与进去，到了现场再找寻同伴。若不幸，未能交到朋友，想必本次旅行的目的地——英国的农舍，以及当地的民宿与小酒馆也定不会让我失望。

果然，当初做的决定无比正确。因为旅行团人少，所以成员彼此之间能够更加深入地进行交流。让我真正有了这次便是最后一次的想法，留下了许多印象深刻的回忆。

一个人参加旅行团还是会有一些不安，不过对于我而言，好奇心会压过那份不安。很多时候，我只要鼓起勇气纵身一跃，迎接我的往往便是超出我想象与认知的新世界。

以我喜欢的方式
过余生

EPISODE 4

谁又能是万人迷，凡事顺遂五六成便好

我娘家做水果批发生意的同时，也兼顾着一家店铺的运营。母亲去世前，由母亲打理门店。我生于商贾之家，从小耳濡目染，觉得客人便是上帝。也因此，我从未感到有人很讨厌，或是烦恼于人际关系，苦恼如何与人打交道等。

不过，我虽然从未主动讨厌过别人，却偶尔会碰到讨厌我的人。谁又能是万人迷，万事万物皆有缺陷。因此，凡事只需有五六成顺利便好。在人际关系上，我认为也应如此。

65 岁上厨师专门学校的时候，同年级有个年轻女生常常刁难我。我觉得这个女生只是单纯地讨厌我，仅此而已。

我本就是来学习的，无须介意。

我能感觉到，住在我附近的邻居里有两个人讨厌我。有时在外面遇到，对方会提前转弯绕着走，避免和我照面。因此，我也不会主动靠近，只是碰到了会问个好。我的人生格言是不逃避麻烦，所以遇到这种情况不会躲也不会藏。这样过了几年，许是对方退了一步，如今我们的关系好了点，已经可以站着聊上一会儿了。一定是我坚持打招呼让对方受不了了。

小时候，大人经常教我们，"右脸挨了一巴掌，就把左脸也伸过去"。这句话令我印象深刻。学这句话的时候，我还是个学生，觉得做到这样实在是太难了。

不过，成年后我才发现，无法宽以待人的人才是真正的可怜之人。我认为那句话也只是在说，不要以恶制恶，以德报怨方能使对方敞开心扉。

我们终究是凡人，总会遇到有些合不来的人。迎合对方，就不会产生争执；倾听对方之言，即便与自己的意见相左，

伊豆的一家寿司店里挂着一件由当地作家创作的鱼造型的艺术作品。我得到了纸模，自己复刻了一件。

我一直很喜欢魔女。这款是在横滨元町的魔女周边专卖店买到的。我将它置于玄关处，用以辟邪驱魔。

也不要立刻反驳。一味地遭到否定，无论是谁都不好受。

　　况且，我很喜欢听别人说话，丝毫不觉苦闷。有时，聊着聊着，对方就和我成了好朋友。

　　与人打交道，能学到许多东西。从"他人皆为我师"这一点来说，无论是好的方面还是坏的方面皆是如此。对方恶言相向，自己便以此自省，明白与人说这种话会令人受伤，从而学到一个道理。

以我喜欢的方式
过余生

EPISODE 5

与孩子也要保持一定的距离，从不主动插嘴

　　我在孩子教育方面的想法发生了一些改变。总之，尽量不拖孩子的后腿。

　　我的孩子离家比较早，儿子们上小学的时候就可以自己洗澡了，从那时起孩子们就基本不黏着我了。

　　孩子的学习方面，丈夫说他来照看，所以我从不干涉。不过，他们的饮食方面被我大包大揽了下来，就连大儿子上大学都是带饭去的。所以，平时我的脑子里都是吃什么饭、做什么菜。

　　很快，大儿子与女儿相继就业，搬了出去。后来，二儿

子上了大学，也搬进了宿舍。如今，他们都各自成家，虽经历波折，却也各自努力地生活着。

自孩子们结婚后，我便不再过问他们的生活。尤其是两个儿子，我心里是直接交给了两个儿媳妇。

我虽然很疼孙子，觉得孙子很可爱，但也不会主动联系他。不过，之前孩子主动邀请我去看孙子的运动会时，我还是很开心地去了。

与朋友相处需要保持一定距离，与家人相处亦然。当然，我也提前说过，有困难的时候还是要互相帮助的。

大儿媳在生二胎时，曾因先兆性早产住院。当时，大儿子求助，希望我们过去帮忙。于是，我与退休的丈夫一同去了栃木县大儿子家中。

大儿子上班忙，所以我会帮忙做饭，送孙子去幼儿园。孙子放学后，我又把他送去医院，与他妈妈团聚。母子二人在病房中亲密时，我则在隔壁的等候室补眠，以缓解疲劳。

我们在大儿子家里帮了三个月的忙，孙子也越发亲近我

二儿子父子来我家时，我会做什锦寿司饭。在YouTube上上传的第一个视频内容也是做什锦寿司饭。调味依旧是九州风格，偏甜。

了，这令我很开心。

二儿子刚成为单亲父亲时，我也曾住到他家里帮忙做家务。

之前，二儿子不太喜欢说自己的事情。而那时，他却一反常态地说了他们父子变成二人家庭的原因始末，以及他在工作室摔了一跤，摔得很严重等事情。听到这些，我再也按捺不住，便过去帮忙了。孙子正是敏感的年纪，妈妈不在身边，我也想和他多亲近亲近。差不多一个月有一半的时间，我会去二儿子家做饭、收拾屋子。

在二儿子成为单亲父亲之前，我与这个孙子也就是在每年新年那天能见上一面。我与孙子的关系是这几年才建立起来的。我们二人开始熟起来的时候，孙子都十几岁了，因此我们之间的关系还算对等。

如今，二人的生活已经走上了正轨，实在是无须我再去帮忙。于是，便改成了他们每两周来我家一趟。

虽然我一个人吃饭时吃的是粗茶淡饭，但他们二人来我家时，我也经常做汉堡肉与咖喱饭。我们一起吃，所以这顿饭对我来说也能补充一些营养。平时各自经营自己的生活，偶尔小聚一下刚刚好。

我与女儿虽没有血缘关系，但现今却相处得很好。虽然之前有一段时间关系不太好，不过后来我们慢慢和解了。

之前丈夫需要护理时，女儿常来探望他。犹记得，那时她对我说，她在家里看着就行，让我去买东西，实在是帮了我大忙。她的年纪与我相差不大，十分值得依靠。

第六章

享受花钱时的

张弛有度

EPISODE 1

坚持"无房"主义，公寓房租价廉且管理方便

我在这个公寓里住了五十五年，一直都是租房住的。

我生于商贾之家，知道经济时好时坏。萧条时吃饭都是问题，命运难料，世事无常。

我自认还是知道金钱的可怕之处，因此我从不借钱，总是想着用手上的钱想想办法。

我从未想过买房子。虽然我周围很多人都买了房，昭和时期又流行有自己的房子才是独当一面的说法。不过，我还是讨厌被房贷追着走的生活。

丈夫曾经问我是否要盖一间房，我说："这儿很好，不

用盖了。"

不贷款，也不购置房产。我当时的想法是，如果要花钱的话，我宁愿花在孩子们的教育上。

这个公寓远离城市中心，房租也很便宜。于我而言自然是房租越便宜，压力越小。

若是设备损坏，公寓会进行修缮，无须管理与维护，很方便。我家的浴室在我住进来的第十一年换了新的。虽然房租涨了 3000 日元[1]，却额外安装了带淋浴花洒的热水器。犹记得当时是 20 世纪 70 年代，家里装了热水器真的方便了很多。后来，公寓又把马桶换成了抽水马桶。

这个房子是租的，所以我死后，儿女也无遗产可争，从这点来看，没有房产似乎也不错。

我的儿女虽然各自背负贷款建了房子，但对此我不打算多说些什么。

不过，我给父子俩单过的二儿子推荐过像公寓这种小一

1　3000 日元：约合 150 元人民币。

点的房子。他们二人之后真的从独栋搬进了公寓。他们爷儿俩孤零零地住在独栋的时候，看起来很是冷清寂寥。现在，这两人搬到了公寓，每天对着对方的脸，虽相互抱怨，却也还算关系融洽。

在日常生活中，我也比较节俭，不浪费钱。丈夫只是普通的上班族，我们不能铺张浪费。我负责掌管家中收支，所以该省的时候还是要省的。

钱，还是要花在吃的、喜欢的东西上。话虽这么说，我做的都是些家常菜，用不上什么高级食材。花在打扮自己、学东西、旅游的钱，都是我精打细算省出来的。

该省省、该用用，弹性消费，这么多年也过来了。

EPISODE 2

记账六十五年，从不担心"财产缩水"

22 岁，我在大阪一个人生活时，有一个高中同学来我的房间住了一个月。

她考上了营养保健师，十分优秀能干。或许是对我不放心，她在那一个月里教会了我很多生活基础技能，包括做饭与记账。用锅煮饭和记账都是她教的。自打那时起我便开始记账，到今天已经记了六十五年了。

家庭收支簿几经我个人的改良，结婚后开始用的是活页式的。

家中除了家庭收支簿之外，还有现金出纳账。现金出

我的手工家庭收支簿。单页可记录八日份内容。摊开每面可记录十六日。每日记录当日花销与当天为止的累积月花销，以防过度消费。

纳账里只需记录店铺名称、购买物品、花销金额等信息。我会在买了物品之后立刻记账，购物小票则在那时一并处理掉。当天晚上，我再将现金出纳账中的金额分成食费、杂费等项目，统一记入家庭收支簿中。

当天的账当天记，我认为这才是省去麻烦能坚持下去的窍门。有的东西是没有购物小票的，待到第二天就很难再想起前一天买了什么。

我的家庭收支簿里消费分类只是粗略地分成"食费""杂

费""会费""特殊费用""银行代缴"五类。会费主要是一些学习班、兴趣组的会费，以及超市的累计消费等。特殊费用主要是给孙子的零用钱，以及孩子们来我家时我给的汽油钱。银行代缴主要有房租、水电煤气费、话费等。

家庭收支簿经我自己画线，摊开每两页可记录十六日内容。一个月的内容只需记在四页纸上，写得较为紧凑。

每一日栏中，左侧记录当日支出金额，右侧记录当月支出金额总和。这样记录的话，当日用度与当月总用度便可一目了然。"这个月花得有点多啊""这个月还有点余钱啊"，如此每天都能意识到当月的花销程度。

有时我会使用信用卡进行支付，所以在本子的最后一部分专门开辟了一个页面用来记录信用卡支出。用红色笔记下日期、购买的物品、金额等。如此，我会把每一笔花销都记入家庭收支簿中，因此几乎不会出现用途不明确的花销。

即便如此，我有时依然会困惑，这个月究竟为什么花了这么多钱。每当这时，我便会去翻看家庭收支簿。基本每次都是因为当月有一笔没有必要的冲动消费。了解到这一情况后，我便会接受这一事实。

花该花的钱，在金钱上就不会产生不安感。往往只有不知道钱花在哪儿了，钱却在不断减少的状态才会招致不安。

我会将今年的花销与上一年进行比对，所以每年只留下前一年的收支簿。不进行处理，只是一味加纸的话，活页本会变得越来越厚，因此年末我习惯处理掉前一年的收支簿。

在家中举办丈夫的葬礼——家庭葬礼，
只花了 22 万日元，希望我的葬礼也办成这样

我丈夫的葬礼是在自己家中举行的家庭葬礼。没有置办祭坛，只花了 22 万日元[1]。

之前，我在报纸上看到了家庭葬礼的相关报道，觉得自己的葬礼也可以这么办，便将这个报道剪了下来。丈夫去世后，我和子女去殡葬公司给对方看了这个剪报，对方说有这种，给我们推荐了适合的方案。

不过，一开始给我们推荐的套餐里有很多附加项，价格

---

1 22 万日元：约合 1.1 万元人民币。

样式小巧的佛龛我甚是喜爱。佛龛门可以拉开。这个佛龛是偶然
在银座那边的展览会上找到的。

比较贵。见状，女儿对殡葬公司老板说："我母亲接下来一
个人住，预算不是很多。"

"家里面积不大，放不下祭坛，不需要。""鲜花和照
片我们这边准备。""守灵我们在家自己弄，这个也不需要。"
如此，女儿与大儿子一步步地削减套餐内容，最终价格定在
了 22 万日元。

女儿似乎在丈夫去世前便主持过三场葬礼，因此知道哪些项目是可以不用花钱的。

这场葬礼只有我和孩子们出席，没有外人，是彻底的家庭葬礼。我们聊着对丈夫的回忆，也没什么拘束，热热闹闹地送走了他。大儿子说要摘掉丈夫脸上的白布，取下白布后我们发现丈夫好似只是睡着了。

为了防止线香熄灭，当时还在上小学的孙子守了整整一夜。他本人至今还将此作为话题。

葬礼上我们没有请和尚，也未曾起戒名[1]。之前便问过丈夫居住在九州的弟弟，丈夫去世前有没有说过葬礼上要不要请和尚过来。他回答道："我们这边是需要请和尚的，但带去你们那边也麻烦，就从简吧。"因此，葬礼是按照我的想法举行的。

过了七七后，我才将丈夫的死讯告诉我的姐妹们。大家

1　戒名：法号。在日本除出家时起法号外，人死后也可起法号作为亡者之名。

年纪都不小了，坐飞机过来也有些吃不消，我觉得这样就好。正好，我也省了这部分的开销。

佛龛是早早便买好的，原本打算供上丈夫母亲的照片，特意找了适合我们家这种空间较为狭小的款式。我很喜欢这种小巧且不张扬的款式。佛龛虽小，丈夫的照片却很大。这张照片是他去世前一周拍的，表情很好。

葬礼我们只花了 22 万日元，无论谁听闻此言都会大吃一惊。有的人说他们家花了 300 万日元 [1]。送别方式主要还是看活着的人的心意。我也希望能像丈夫一样，不花什么钱，在自己家里和家人悄悄地告别。

我认为墓地是不必要的。我死后大可把我的骨灰撒向大海。

不过，大儿子说没有墓的话，兄弟们缘分会越来越淡。我听了大儿子的话，觉得甚是有理。

丈夫尚在人世时，对孩子们说过我们葬在哪里都可以，

1　300 万日元：约合 15 万元人民币。

你们去选自己想去祭拜的墓园吧。

于是，他们选了山上能看到海的墓园，景色优美，十分漂亮。

墓园所在位置只能开车前往，每次去祭拜丈夫都是孩子们开车带我去。不过，家里也有一部分骨灰，我每日也会对着佛龛双手合十祭拜，因此我觉得也没必要经常去墓园。

EPISODE 4

钱还是得趁活着的时候花光

自丈夫去世后，我便一个人住。一直想着要节约，所以日常花销不会超过养老金，也从来不碰存款。

不过，人生已至耄耋之年，最近我反而觉得钱还是得用才行。钱生不带来死不带去，生前需享乐，死前花完所有财产，留下点办葬礼的钱便足够了。

与其死后再听家人的感激之言，不如趁活着的时候，多让孩子与孙子开心。就当是生前赠予行为，在圣诞节和孙子入学庆祝时，我把积攒的一些钱给了孙子。

现在，二儿子父子俩每个月来看望我两次，还会开车带

我去买一些东西，趁这机会还能帮我买一些我平时一个人拿不动的重物。

二儿子开车来我家大约一个半小时，为感谢他抽出周末宝贵的时间来陪我，每次我都会给他2万日元[1]以作汽油钱与帮忙辛苦费。这样做我心才安。

作为孙子帮我做 YouTube 视频的回礼，我时不时地会给他2000 ～ 3000日元[2]以作答谢。

二儿子父子俩来我家吃饭时，我会去百货商店买一些好的食材回来。我自己平时吃的食材是在附近的超市买一些便宜的，不过他们来的时候会稍微奢侈一把。

他们在我家时，午饭一般是一起在外面吃的。我平时一个人没什么机会在外吃饭，因此这种机会显得格外珍贵。有了这样的花销，光靠养老金难以支撑。因此我会动用存款，不过我自己也享受到了，这笔钱用着也心安理得。

老年人公社的麻将教室从上午开始横跨午饭时间，所以

---

1 2万日元：约合1000元人民币。
2 2000 ～ 3000日元：约合100 ～ 150元人民币。

我之前一直都是自己准备便当的。不过，我最近开始不带便当了。附近有一家残疾人辅助性就业机构，机构的人会来兜售面包，最近我都是在他们那边买面包。我想着能帮一点是一点，花点钱尽绵薄之力。况且，他们卖的面包味美价廉，我现在已是他们忠实的顾客。

去世前花完钱自然是最好的，不过即便没花完余下了些钱也没关系，我已经做好了安排，不会让孩子们因分财产而发生争执的。

我没有房产，有的只是现金。之前在邮局建议下所购买的投资信托等金融产品，现已全部解约，提成了现金。

第七章

不过分担心未来，
只享受当下

EPISODE 1

保持积极的心态，万事不萦于怀

人生万事车到山前必有路，船到桥头自然直

我觉得我这一生还算幸福。

再回首，我这辈子经历过战争，其实大事小事也不少，着实称不上平稳。不过，我个人基本上没怎么操过心。

我这个人就是凡事都往好处想。在人际关系上也一样，遇上什么糟心事便会想着要避免给他人带去同样不好的回忆，而我也从这个过程中获益匪浅。有些事一定要做的话，那便不要消极怠工，应积极应对。因此，迄今为止，我这辈子还没遇到过什么特别讨厌的事。其中诀窍莫过于主观

认为这件事不讨厌。

我十分喜欢凯瑟琳·赫本，还有她的写真集。随意却时尚，我向往她历经岁月却依旧美丽的身姿。

我是个"行动派"，想到便要马上执行。最起码，这样以后不会为自己无所作为而后悔。

我所想做之事之后都做成了，那是因为没什么希望的事我会早早放弃，因此成功率百分之百。

有些事情我会早早放弃，不去过分执着。

我上班还是单身的时候，曾有一段时间去夜校学习西式裁缝。一开始还是很开心的，直到后面学到缝拉链、收领子、缝口袋之类的时候，便渐渐跟不上进度了。我觉得这件事不适合我，只坚持三个月便放弃了。

我至今仍不会用缝纫机，也不会西式裁缝。不过，我早早就放弃了西式裁缝，故不会因此而苦恼，也不甚在意。不会用缝纫机手缝便好，我从心底便是比较随意之人。

我不太去想未来的事。车到山前必有路，船到桥头自然

我爱凯瑟琳·赫本，有一本她的写真集。随意却很时尚，即使上了年纪也很美的样子令人向往。

**以我喜欢的方式
过余生**

直，事实也是如此。我也不怎么担心未来的事，想着总会有办法的。

　　与之相比，我更喜欢享受现在，每天都保持乐观积极的心态。

向往银发，期待年纪再大一些的生活

　　我 2022 年底过米寿 [1]，三年后就 90 岁了。身体逐渐不听使唤，感觉自己上了年纪。不过，衰老本身无可奈何，为此而苦恼亦无济于事。"享受自己能做的事"便是我的观点。

　　而且，于我而言，慢慢老去不失为一种小小的乐趣。

　　人们常说，白发于女性而言就是切身感受年纪大了的标志。而我在开始长白头发时，便没在意过。虽然在家里也将头发染成过茶色，但那时只是觉得黑头发与衣服不相称而已，却从未将白发染成黑色。

1　米寿：对 88 岁生日的称呼。

把头顶的头发卷起来，用别针固定着。我好几年都是这个发型。

我会将头顶的头发卷成卷发，用发夹夹住。这个发型我已经留了好几年了。

近期，银发族特意没有将白发染黑，反而受到了许多关注，对此我羡慕不已。

已经是一头银发的朋友对我说："这头发搭配色彩鲜艳的衣服也很合适哦。"听闻此言，我十分羡慕，真希望自己也能早日满头华发。想着再过几年我也能一头银丝，就这样期待着自己的衰老。

用发卡固定头顶头发的发型，实则是用来遮秃的。随着年龄的增长，头顶的头发越来越稀疏。我也有朋友佩戴假发，但我觉得假发还是有些贵。再加上我又比较喜欢自己想办法，就用手头现有的东西来解决问题。

　　我喜欢"小森奶奶"小森和子，就想到参考她的发型。这个发型只需要把头顶的头发卷一卷，用发卡固定住即可。

　　我去理发店时，会嘱咐将这部分头发剪得长一些。

　　头发的卷是烫的。我的头发总是很乱，自年轻时起便是我的一块心病。我也尝试过自己用发夹卷发，直到我烫成现在这款卷发，我便再也没换过发型。这个发型不打理也不乱，十分轻省。

EPISODE 3

力所能及的事自己做，得到帮助时心怀感恩

所幸，现在的我还不需要他人照料。虽时常会接到民生委员的电话，但对方听了我的声音后便表示暂时不需要有人来照顾我。

我平时自己做饭、洗衣服、打扫房间。不过，近来日渐发觉打扫房间变得无比吃力。我现在只是每天用便携式吸尘器简单吸一下房间，用大功率吸尘器会让我腰痛。明明70多岁那会儿，我身体还很好。

自2021年开始，我每个月要叫两次清洁服务。我本就是福利俱乐部生活共同工会的会员，该工会提供的服务有家

务代做、护理、配送食材等。我的丈夫需要看护时，我就雇了他们来做清洁工作。自丈夫过世后，我便再也没用过该服务，却依旧按月付着 300 日元[1]的会费，所以现在依然可以正常享受权益。

房间只要收拾得整洁，每次只需一小时。每小时收费约 1300 日元[2]，价格公道实惠。除了用大功率吸尘器打扫地板以外，保洁人员还会帮我用抹布擦一擦，如若还有时间的话，则会帮我将玄关周围、浴室、厕所等地方打扫干净。

之前下单时，我申请的是与我住在同一个小区的保洁人员。结果，来了一位 74 岁的女性，她比我想象中的还要出色。她第一次来打扫时，我播放了我很喜欢的一首歌——保罗·西蒙和阿特·加芬克尔合作的 *The Sound of Silence*（电影《毕业生》中的插曲），以便来人可以在音乐声中慢慢打扫房间。

我轻轻地哼唱，对方也跟着哼唱起来。我们俩不约而同地说"这首歌，很好听"，于是越聊越开心，十分投缘。

1　300 日元：约合 15 元人民币。
2　1300 日元：约合 65 元人民币。

她不仅工作细致，还和我很聊得来。于是我开始盼着她来我家的日子快些到来。

除此之外，我还经常使用地方政府提供的一些服务。我在这里生活了很长一段时间，所以我总是能从附近的人那里得到一些消息。

有专门为独居老人提供帮助的接待处，即便是一个人生活也无须烦恼。灯泡坏了有人帮忙换，扔柜子的时候也有人帮忙搬到一楼。

通网线，设置一些程序，都是二儿子父子过来帮忙做的。购买很重的商品时，我也不会勉强自己，而是让他们开车帮我搬。

力所能及的事情我尽量自己做，不过做不到的也不会勉强自己，而是依靠他人。不小心受了伤反而会给孩子们添麻烦，所以这方面我一直很小心。

等到了需要人照顾护理的年纪，我希望是请护工上门护理，尽量延长我的独居生活。

卧室的床罩是用我之前
学习针织时剩下的毛线
编织而成的。我把三张
拼成了一张。因为是毛
线织成的，所以很暖
和。床头会放着书。

照顾丈夫时，我发现只要借助一些外力便可实现居家看护。无论是上门诊疗还是保洁服务，都可选择上门服务。因此，我从不担心未来，甚至打算在这个房间里终老。

能依靠的时候怀着感激去依靠。我希望这种生活能够一直持续下去。

作者简介

多良美智子（Tara Michiko）

1934 年出生于日本长崎县。家中有八个孩子，作者排行第七。除长兄以外，其他孩子都是女孩。作者早年丧母，由父亲与姐姐们抚养成人。小学时经历战乱，战争结束后在教会学校上学。从小成长在大家庭里，向往着独居生活，高中毕业后去了大阪工作。27 岁时与比自己大 9 岁的男性结婚，丈夫与去世的前妻有一个 10 岁的女儿。婚后，作者先后生下两个儿子。1967 年迁居至神奈川县。2015 年送走丈夫后，一直独居。

从很久之前起，作者便喜欢研究如何不花钱打造舒适家装。酷爱独处，喜欢看书、做针线活、看电影。65 岁考下厨师证，喜欢制作简单好吃的菜。2020 年，其孙子将这

些日常拍成视频，通过账号"Earth おばあちゃんねる"上传至视频网站。该账号在短时间内爆红，关注人数超过了十七万人。视频播放量最高超二百六十万次。网友们纷纷表示，希望拥有同款老年生活。

著作权合同登记号：06-2024年第43号

图书在版编目（CIP）数据

以我喜欢的方式过余生 /（日）多良美智子著；朴
雪兰译 . -- 沈阳：万卷出版有限责任公司，2025.7
ISBN 978-7-5470-6477-1

Ⅰ . ①以… Ⅱ . ①多… ②朴… Ⅲ . ①随笔 - 作品集
- 日本 - 现代 Ⅳ . ① I313.65

中国国家版本馆 CIP 数据核字 (2024) 第 055285 号

Original Japanese title: 87 SAI, FURUI DANCHI DE TANOSHIMU HITORI NO KURASHI
Copyright © 2022 Michiko Tara
Original Japanese edition published by Subarusya Corporation
Simplified Chinese translation rights arranged with Subarusya Corporation
through The English Agency (Japan) Ltd. and CA-LINK International LLC

出　品　人：王维良
出版发行：万卷出版有限责任公司
　　　　　（地址：沈阳市和平区十一纬路29号　邮编：110003）
印　刷　者：河北尚唐印刷包装有限公司
经　销　者：全国新华书店
幅面尺寸：130 mm × 185 mm
字　　　数：170千字
印　　　张：7
出版时间：2025年7月第1版
印刷时间：2025年7月第1次印刷
责任编辑：史　丹
责任校对：刘　璠
封面设计：付诗意
版面设计：小　T
ISBN 978-7-5470-6477-1
定　　　价：54.00元
联系电话：024-23284090
传　　　真：024-23284448

常年法律顾问：王 伟　　版权所有　侵权必究　　举报电话：024-23284090
如有印装质量问题，请与印刷厂联系。联系电话：0312-3959200